未读 DR | 纪实 |

UNREAD

迪士尼乐园清洁工日记

[日] 笠原一郎 著

童桢清 译

天津出版传媒集团
天津人民出版社

目录

第二章 绝对不能说出去的事情

前言

迪士尼乐园的“素颜”

成为演职人员*后，我读了很多有关迪士尼的书，想多了解一些关于东京迪士尼度假区**和东方乐园公司的事。

比如广为流传的沃尔特·迪士尼的传记***，还有市面上关于东京迪士尼度假区的各种指南书。

另外还有一类书会经常看到。

那就是商业书和感动书****。在亚马逊线上商城随便一搜，

---

* **演职人员**：对迪士尼工作人员的称呼。在入职培训时，公司反复强调在主题乐园这个巨大的舞台上工作的每一个人员，都是被分配到某个“角色”的演职人员。“演职人员的任务是将喜悦提供给宾客，帮助宾客制造快乐的回忆”（引用自入职时的培训资料）。（如无特殊说明，本书脚注均为原书注，译者注置于章末）

** **东京迪士尼度假区**：位于千叶县浦安市舞滨地区的主题乐园，包括东京迪士尼乐园和东京迪士尼海洋乐园，由东方乐园公司运营。

*** **沃尔特·迪士尼的传记**：其中推荐鲍勃·托马斯著的《沃尔特·迪士尼创造与冒险的一生》（讲谈社）。这本书详细描述了沃尔特·迪士尼波澜壮阔的一生。传记中讲述了为什么从一只老鼠开始等关于迪士尼起点的问题。

**** **感动书**：我不喜欢类似“怎么样，一定感动坏了吧”这样强行催人感动的书。市面上有很多这类“感动书”，有的还出了系列。也许因为读者有这样的需求，所以这类书才很有人气吧。

系统就会自动推送几十本关于迪士尼的书给我，其中好几本都是畅销书。

我也读了其中一些。

每本书里都有美好的故事。

比如，某本畅销书中有这样的表述：“演职人员对每一个人都尽职尽责”“所有工作人员的心里都铭记着自己的使命”。

另一本书中记录了全体演职人员帮忙寻找宾客*掉落的戒指，专门为失去孩子的夫妻准备特别晚餐等“温暖人心的故事”。

“每一位演职人员对所有的工种都很有兴趣，大家彼此协作，共同为宾客创造幸福。”

“演职人员的心中都铭记着这样的精神，那是在这片以人为本的土壤上成长起来的‘珍视伙伴、体谅伙伴、彼此关怀’的精神，大家未有过任何怠慢，汇聚成一股强大的力量。”

“公司如家人一般重视职员，职员也如爱自己的家一般爱着公司，唯有如此，才能自然地从心出发，对待宾客”……

作为演职人员，我忍不住想吐槽：“等等，这些都是真的？”

我们也是人，也会想偷懒，也有忘记岗位使命想对宾客发

* **宾客**：对来乐园的人的称呼。男女比例大概是三比七，女性居多。

火的时候。我们也会和同伴一起吐槽公司，会抱怨工资太低。各位读完本书后，一定会明白我在说什么。

那些书并没有如实展现出这份工作的“素颜”。

再进一步讲，那些书忽略了演职人员的经济问题（收入必然不高），以及当他们希望建立一种安稳的生活时，这份工作潜在的问题。

这些书里的东西就像三好学生写出的标准答案，我越读越觉得屁股发痒，如坐针毡，脑子里的问号也越堆越多，完全没办法一鼓作气地读完。

我在某本书的结尾处，发现了一行用细小字体写的话：

“本书是笔者基于自身的经验以及调查取得的真实材料而创作出来的故事，和实际人物、团体无关。”

创作出来的故事，那是小说*。真是什么都能有。

我想写这本书，其中一个原因便是这些迪士尼书籍让我内心有一种违和感。

同时，这本书是我回应那些标准答案般的迪士尼画像的一线实况报告。本书所写的绝非“创作出来的故事”，都是我的实

---

* **小说**：有关迪士尼的小说《米老鼠的忧郁》（ミッキーマウスの憂鬱，松冈圭祐著，新潮社）作者做了许多关于公司内部情况的调查，让我深感佩服。但是作为故事主线的正式社员和准社员之间的对立却脱离了现实。至少我并没有经历过正式社员和准社员之间那种无法挽回的对立及恶性竞争。2021年9月，该故事出版了续作《米老鼠的二度忧郁》（ミッキーマウスの憂鬱ふたたび）。

际经历*。

为了避免读者误解，我想在此特意申明：我没有任何想批判、恶意造谣东京迪士尼度假区和东方乐园集团的意图。

我想做的只是从实际现场工作人员的角度，将我所见、所感受到的东西毫无保留地传达给读者。

在迪士尼工作的八年时间里，我在与宾客接触的时候获得过感动，也曾对东方乐园集团的人才培养方式赞叹不已。

而从另一个角度看，我也对督导员（Supervisor，后述详情）下达的指示产生过疑问和不满，也曾流下痛苦的汗水。

只有快乐、尽享喜悦的工作是不存在的。和其他的职业一样，迪士尼的演职人员也是如此。

---

* **我的实际经历**：书中的所有事情都是真实发生过的，但其中的人名都是假名。现在迪士尼乐园的工作内容也许和我在职的年代相比有所变化，我的记忆也或多或少有不准确的地方，还请读者谅解。另外，为避免对应到实际人物，个别地方对人物年龄和形象进行了模糊处理，部分地方进行了适当润色。

第一章

演职人员
手忙脚乱的日常

某月某日

体力劳动者：

冰火无阻

清洁工*作为“行走的礼宾员”，不论多么恶劣的天气都必须一直在台前区域**四处走动，执行清洁任务，为宾客指路。不管老天爷是下大雪，还是刮大风，清洁工都逃不掉自己的工作。

清洁工的工作分为打扫台前区域和打扫洗手间两部分。

在春天和秋天，以及天气晴朗舒适的日子，负责台前是个美差。

如果是酷暑、酷寒或者雨雪天，被安排去打扫洗手间的清洁工则会被大家羡慕地称为“人生赢家”。

---

* **清洁工**：主要负责迪士尼园区内清洁工作的演职人员。在演职人员的各个工种之中，受欢迎度名列前茅。

** **台前区域**：宾客视野范围内的区域。宾客视野范围外的区域被称为台下。我至今仍清晰地记得成为演职人员后第一次进入台前区域的瞬间所体验到的紧张感。我们被教导“在台前的每一天都要像第一次那样”，可是要一直保持初次表演时的心情是非常困难的事。

在盛夏太阳猛烈的炙烤下，台前的工作很辛苦。阳光的照射使得地表温度大幅升高，实际的体感温度能高出五摄氏度。

炎热的夏日里，爆米花销量不佳，取而代之的是大家手里的冰激凌和冰棍。而它们会让我们这些清洁工流下辛酸的泪水。

融化的冰激凌滴落到地上，留下一摊摊污渍。放任不管是不行的，我们得赶快拿着拖把赶到现场处理。在我们打扫时，融化的冰激凌又在别的地方留下了它的印记。

与此同时，在自动贩卖机前，有宾客开可乐时喷了一地。我们又要连忙带着拖把奔赴现场。

我是爱出汗的体质。盛夏执行工作任务的时候，浑身的汗水会把眼镜打湿，把衬衫打湿。最糟糕的时候，裤子都会被浸湿。

因为不知道什么时候会被宾客搭话，所以我们必须随时整理好着装。我得时时用擦手纸*擦拭掉大量的汗水。

没想到，某天的晨会上SV**却说："擦手纸只限于在业务执行中使用，不要拿来擦汗。"就这么对我们下达了禁令。

可是用手帕擦汗的话，很快手帕就湿透了，无法继续使用。

---

* **擦手纸**：具有良好的吸水性，是清洁呕吐物、洒落在地面的果汁等污物时不可缺少的工具。再加上可以用来擦汗，用途非常广泛。通常我会在挎包里放十张左右，但打扫呕吐物的时候依然不够用。

** **SV**：督导员（Supervisor）的简称，负责在现场对演职人员的工作进行整体性的指导、监督。在清洁部门，每处场地都配有数名SV。

又不可能把毛巾挂在脖子上工作。我怎么想都觉得擦手纸在夏天对清洁工来说是必需的。

于是我选择无视SV抠门的禁止令，继续用擦手纸擦拭流个不停的汗水。*

冬天也有冬天的苦。隆冬里在室外站上好几个小时，身体会一点一点被严寒侵蚀。虽然天气冷的时候可以戴手套**、穿厚外套防寒，可外套太厚的话行动又会变得迟缓，所以实际上穿厚外套的演职人员很少。

冬天烦恼的根源是雪。

乐园***遵循安全第一的行动准则，把积雪处理得极其彻底。除雪工作不仅会动员清洁工，还包含表演人员在内的全体演职人员，大家靠人力把积雪搬运到后台。****

某个早晨下着鹅毛大雪，当天上班的所有演职人员都接到

---

* **擦拭流个不停的汗水**：当着宾客的面擦汗的话，就是翻车表演（不得体的行为），因此我尽可能不被宾客看到。

** **手套**：有一次我右手手套的指尖破了一个洞，于是拿到服装中心换新，却被要求“请把两只手套都拿过来”。不知道我那只还能用的左手手套，现在还在被用着吗？

*** **乐园**：对东京迪士尼乐园和东京迪士尼海洋的简称。演职人员私底下去其中一个乐园游玩的行为被称为“入园”。

**** **后台**：只有演职人员才能进入的区域。有的地方前后台只用铁链区隔，宾客有时会偷看后台的情况。从迪士尼度假线的轻轨电车里看出去，后台一览无余。

了提前出勤的命令。上级的指示是把开园前堆积起来的雪运到“蒸汽船马克·吐温号”乘船点附近的美利坚河。听完后我只能在心里叫苦，自己怎么偏偏轮到这么个日子上班。

不论男女老少，都得参加除雪总动员。我负责拿铲子铲雪，然后放进大的容器里。才几分钟就开始出汗，甚至可以不用穿上衣。

开工大约一个小时后，铲雪工作忽然来了一个急刹车。美利坚河里堆了太多雪，可能会阻碍蒸汽船航行。

夹在年轻人之间工作本来就让我疲惫不堪，当我以为自己终于获得解放，可以松一口气的时候，新的指示又来了。

“别把雪扔到美利坚河里，请搬运到后台。”

这条指示让演职人员不约而同发出失落的叹息。美利坚河就在眼前，而后台还有不近的距离，也就是说，这项工作由此变成高强度劳动。

另外，台前区域有的地方因为路面结冰而变得容易打滑，清洁工要在塑料袋里灌上热水制成“暖水袋”，靠近结冰的地方，用原始的方法耐心把冰融化。

对宾客而言，银装素裹的园区是绝赞的美景，是发社交媒体再适合不过的素材。但除雪是超高强度的劳动，对我们演职人员来说，那是带着怨恨的雪。

下雨天也很受罪。

负责台前清洁的人是不能打伞的（负责洗手间清洁的人在不同地点间移动的时候可以打伞），所以必须穿戴雨具*。

穿在身上的雨具很快就变成一个蒸笼。如果雨势凶猛，雨水会顺着雨具的缝隙渗透进来打湿里面的衣服。如果再掺和上汗液，便会进入难受的极致境地。

还有，收拾雨具的时候要先用毛巾把水全部擦干再叠起来，很麻烦。雨一会儿下一会儿停令人头疼。刚以为雨停了，把雨具上的水擦干准备收拾好，结果又下了起来。

清洁工的工作之一是处理积水。雨停后，我们要用毛巾等工具把宾客落座的椅子等地方的积水擦干，数量众多的椅子和栏杆，每一处都要仔细擦拭干净。

好不容易擦了一半的时候，天又下起了雨来。所有的努力都打水漂了。

如果雨停后还穿着雨具，就会被督导员提醒尽快脱掉。如果时晴时雨、反反复复，光是这个就能让人累到瘫倒。

负责扫地的清扫员一天最多要走三万步。这个走路的强度，还没等身体习惯，膝盖倒是已经快报废了。

---

* **雨具**：在休憩和午餐时间，我会把上半身的雨具脱下来，挂在规定的地方。如果用打湿的裤子坐下去的话，座椅会被打湿。我不会脱掉裤子，而是把它拉到膝盖处再坐下。怎么看都是奇怪的姿势。负责引导宾客的演职人员穿的是连体的浴衣式罩衫，穿脱很方便，当时的我很羡慕他们。

每当一天的工作结束，我拖着无力的身体朝舞滨站走去时，总会在不知不觉间哼起冈林信康的歌《山谷布鲁斯》*。

“今天的工作真累，唯有喝点烧酒自我安慰。”

支撑着“梦想国度”的，毫无疑问是众多的体力劳动者。

---

* **《山谷布鲁斯》**：我十五岁时常听的同龄的歌手高石友也（高石ともや）唱的《考生布鲁斯》更令我怀念。那个时候我回家后喝的不是烧酒，是啤酒。

某月某日

你在做什么呢：

来自宾客的疑问

那是我转正为演职人员的第二天发生的事情。

当时我正在台前执行扫地工作*，两位高中生模样的女性宾客朝我走过来。

“您在做什么呢？”

“嗯？”

我心里嘀咕，这不是一看就知道吗，虽然没明白她俩的用意，我还是回答道：

---

* **扫地工作**：使用簸箕和玩具扫把进行的地面清洁工作。做扫地工作的演职人员被称为清扫员，根据技术水平的高下分为不同段位，我的技术是处于平均值的三段。三段之上则有“名人”和“师范”等级。扫地水平达到三段就能成为一名合格的清洁工，很少会有同事再努力晋级。“名人”和“师范”有自己专用的玩具扫把。“名人”的扫地表演十分华丽，总能吸引宾客的目光。

“我在收集垃圾。地上到处都是爆米花*。”

两人听到我的回答后，诧异地互相看着对方，然后什么也没说就离开了。

又过了一会儿，一位带着小学生年纪的女儿的妈妈向我提问：

“您在收集什么呢？”

“啊，就是掉在地上的爆米花之类的东西。”

“……哦，这样子啊。打扰了。”

不知道为什么，这回这对母女对我的回答好像很失望。

我感到非常奇怪，于是在休息的时候问了同为演职人员的同事谷口。

“今天我在扫地的时候，有好几位宾客过来问我在干什么，那是什么意思呢？”

谷口是有十年工作经验的元老级演职人员，他笑着回答我：

“这个问题常会被宾客问到。最经典的回答是‘我正在收集梦想的碎片’。笠原先生您是怎么回答的？”

“……”

据说最开始宾客是在观光巴士上对向导员抛出这个问题的，

---

* **爆米花**：乐园和电影院的标配。口味一年比一年多。刮大风的日子里如果吹得到处都是，那真是名副其实地飞散（悲惨）。最受欢迎的是焦糖味，高人气的爆米花桶有时候很快便售罄了。考虑到爆米花的成本，这个零食真是为东方乐园公司的收益做出了巨大贡献。

然后不知道什么时候扩展到了其他演职人员。此传说的真实性目前无法考证。

第二天，我就迎来了实践的机会。这次是中学生样貌的女子三人组。其中一个人犹犹豫豫地往我这边靠近，问我：

“打扰了，请问，您在做什么呢？”

“我在收集梦想的碎片。”

我注意到女孩们的脸庞忽然亮了起来，她们朝我鞠了一躬，留下一声“谢谢”就跑开了。

一想到自己帮她们创造了一段回忆，我就觉得很开心。

在诸如修学旅行时、春假、暑假等时期，很多宾客从东京以外的地方来到乐园游玩，一天里我会被问好几次这个问题。

一般的人听到回答后都是上述中学生那样的反应。不过也有人用尖叫般的悲鸣来表达喜悦。还有人在一旁欢呼雀跃，拍手夸赞“真厉害”！没想到这个互动会如此吸引周围的目光，真是让人难为情。

年轻女性群体的反应是最强烈的。当我发现喜欢提问的那类宾客离我越来越近的时候，为了避免被问到，很多时候我会故意改变前进路线。

虽说如此，如果宾客听到回答后只有轻微的反应，我也不免会觉得有些落寞。

偶尔也会有宾客在听到标准的回答后，忍不住吐槽“怎么又是这个回答”“收集这玩意儿有什么用”。

也有同事擅长用自己原创的答案来回应。

谷口跟我说，要根据被询问的场所和时间随机应变。他曾在“彼得·潘天空之旅”前被宾客询问这个问题，当时他的回答是：“我在收集彼得·潘飞翔时落下的叶子。”

由于越来越多的人都知道不同演职人员的回答会不一样，于是有的宾客逮着清洁工就疯狂提问。

至于我，羞耻感让我说不出同事谷口那样的话，通常是在标准答案的基础上适当调整，大多数时候会用“收集幸福的碎片”这个回答来应付。宾客的反应也还算可以。

有一次，我在“小小世界”前扫地的时候，几名女高中生有说有笑地走了过来。我以为又会被问到那个问题，已经在心里准备好了“幸福碎片”这个答案，这时候其中一个女生突然问我：

“爱是什么？”

一瞬间我慌了手脚，条件反射似的立刻回答：“爱是绝不后悔。”*

这个女生只留下一句“好深刻”的感叹，随即离开了。

到底为什么要来询问演职人员，到现在我也不明白。

* **爱是绝不后悔**：这句话是1970年的美国电影《爱情故事》里，罹患白血病的女大学生杰妮对恋人奥列弗说的台词。下雪的中央公园和弗朗西斯·莱创作的哀切的主题曲让我印象深刻。这部电影虽然剧情简单，但一直留在我的记忆里。

某月某日

XX处理：
能不做就不想做的事

让清洁人员在心里默默哭泣的，是各类突发状况。

其中最常见的是处理呕吐物。尽管这里是“梦想的国度”，却总有呕吐物。一周就会遇上一次。*

SV会通过小组通话告知清洁人员呕吐物所在地。听到消息后，案发现场附近的两三名清洁人员便会快速赶到，进行处理。这是惯例。

尽管如此，SV并不知道谁在那附近。全凭演职人员自己判断，他们感觉离得不远的话，就会主动赶过去。

我的话，当PHS（简易型手机）上收到处理呕吐物的通知时，我会集中精力处理手头的清洁工作，静静等待勇士们奔赴现场。超过一分钟还没有勇士挺身而出的话，我再咬咬牙赶赴过去。

---

* **一周就会遇上一次**：发生频率根据季节和拥挤程度而变化。有时一天就有两次，有时候间隔半个多月才会有一次。

在新型冠状病毒疫情出现前，我们处理呕吐物时就要戴口罩和防菌手套以防感染，另外还要戴上护目镜，免得杀菌喷雾溅到眼睛里。天气热的时候这身装扮真是令人窒息，汗水总会打湿眼镜，工作难度大大增加。

处理呕吐物的时候，为了尽量避免让宾客看到污物，同时明确标记处理的区域，清洁工要用擦手纸盖住污物，然后挥舞玩具扫把*将呕吐物扫进簸箕**。

其他的演职人员则负责在作业现场引导宾客小心通过。

如果呕吐物的量不多还行，不然处理起来既费劲儿又花时间。

8月里不快指数超高的一天。

一名小学生年纪的男孩，在我面前突然呕吐起来。

事情就发生在我的眼皮底下，等不了清洁勇士登场了。我马上跑到男孩身边，问他："没事吧？"随即动手处理脚边的呕

---

* **玩具扫把**：扫地时使用的扫把。主要分为四种不同的长度。扫把头有不同的硬度和长度，每次用的时候会选择自己顺手的类型。由于每天工作中都要使用数小时，我的右手中指出现了扳机指（手指关节腱鞘炎的一种，想把弯曲的手指伸直时，手指会像坏了的弹簧一样崩开）的症状。有几个同事和我出现了同样的问题。不过我的手指不太疼，一年左右就自然痊愈了。

** **簸箕**：L形的手握塑料簸箕。规格有大小两种。小的方便携带，爱用的人多。同样都是小规格的，新的会更好用，每次在台前工作我都会选择这种。为了防止别的清洁工拿错，我在上面做了记号，但休息的时候如果放在后台，就会像旅馆大浴场的拖鞋一样被别人错拿。

吐物。

我把擦手纸铺好，正在清扫的时候，男孩身边看着像他母亲的女性说："吐出来就轻松了吧。我们赶快去下一个地方吧。"然后牵起男孩的手就走了，只留一脸茫然的我目送母子的背影离开。

台前的呕吐物清扫完毕后，我们还要回到后台进行后续处理。

用过的玩具扫把和簸箕要赶紧用水冲洗，还要进行杀菌处理。用过的纸巾扔进垃圾袋后束口，然后用红色的胶带封住。再把垃圾拿到附近的垃圾箱，放在指定位置。之后还要将处理呕吐物的时间和场所等在指定的记录表中登记。这个工作还挺麻烦的。

清洗的时候，看着卡在簸箕边边角角、很难清理的残留呕吐物，我的眼前浮现出刚才那位母亲的脸，心里猛地蹿起一阵怒火。

不知道她那么快就走掉是因为觉得尴尬呢，还是真的很着急。但不管怎样，面前就是正在处理污物的清洁人员，她却什么也没说就离开了。我一边生气一边继续工作。

终于清理完毕，再次回到岗位。耿耿于怀也无济于事，我决定集中精力做眼前的工作。

刚过去三十分钟，别的演职人员急急忙忙地跑到我这里来。*像今天这样的盛夏不快指数超高的日子，呕吐物处理工作也变得很多。

连着两次轮到我去处理呕吐物，这样的日子真是倒霉透了。

“那边的小男孩把爆米花撒了一地，您可以去打扫一下吗？”

“小事一桩！”

我开心地冲了过去。

---

* **演职人员急急忙忙地跑到我这里来**：这种时候从来没有好事，我一想到肯定又是麻烦事，一瞬间就心跳加速。

某月某日

老鼠要谨慎处理：

清理动物尸体

宾客是不会仔细挑选呕吐场所的。摇晃剧烈的游乐设施*最容易催吐。

处理游乐设施内部的呕吐物也是我们清洁工要做的事。

有一天，我被安排去打扫“丛林巡航”**游船上的呕吐物，于是坐进了空无一人的客船。

也许在别人的眼里，包下游船是难得的珍贵体验，但我的眼前却是一堆呕吐物，根本提不起兴致。

在游船航行一周结束之前，我必须不留痕迹地去除污物，消毒，再将污物处理掉，完成这一系列工作。这是我肩负的使命。

上船后我迅速开工。可是在剧烈摇晃的船里一直埋头向下

---

* **摇晃剧烈的游乐设施**：前几天我时隔许久乘坐了“巨雷山”。以前这些对我来说都是小菜一碟，可今年很快就觉得不舒服。也许是跟年纪增长有关。

** **“丛林巡航”**：有时候船长夸张的动作和粗陋的笑话让宾客敬而远之，船上的气氛变得尴尬。一旦对船长的心境有所察觉，看的人会变得如坐针毡。

很快就让我感到恶心。

但是，时间限制是十分钟，没工夫休息。我无视进入视野的大象、鳄鱼、河马，专心执行清洁工作。

赶在船结束巡航前，我终于顺利清理了残局。

不然的话，在如此剧烈摇晃的船内脸朝下地紧张工作，时间再久一点，我就有新的呕吐物要清理了。

当然也有快乐的经历。

像是有一次在“小小世界”的船上清理呕吐物。

那次的呕吐物不多，船也不像“丛林巡航”的船摇晃得那么剧烈，低头清理起来很轻松，我只用一两分钟就完成了整个任务。

那一次船上也没有宾客，我独自一人在河上巡游了一圈。因为很快就完成了污物处理，我给自己留下了宽裕的时间。回到目的地的时候，我在船内朝排队等待的宾客挥手打招呼。

排队等待的宾客们也一起朝我挥手。

男女老少大家笑着一起朝我挥手的光景非常壮观，这是只有身为演职人员才能体验的宝贵经历。

其他的特殊情况还有清除血液、处理动物尸体等。血液的话主要是鼻血，不知是不是因为情绪激动，在园区内流鼻血的宾客不在少数。没有比洒了一地的鲜血更不应该出现在“梦想国度”的东西了，所以我们要迅速处理干净。

园区内偶尔还会出现动物的尸体。

我实际处理过的几乎都是麻雀、灰椋鸟、鸽子这样的鸟类尸体。

坊间传闻东京迪士尼乐园里没有乌鸦，实际上栖息在这里的乌鸦很多。

我也处理过老鼠*的尸体。基本处理方法和处理呕吐物一样，但在开工之前，必须通报给SV。

装着尸体的垃圾袋必须贴上醒目的“老鼠尸体”的字条，放置在垃圾桶的指定位置。全部处理完后，还要在规定的专业用纸上登记，提交给SV。虽然是一条生命，但园区并没有给它安排葬礼。

---

* **老鼠**：有一次宾客在台前发现了老鼠的天敌——猫咪，感到非常吃惊。听说园区关闭后，演职人员把它捉住后带到很远的地方放生了。猫咪能够随心所欲地出入园区，所以那一幕可谓真正的猫捉老鼠。

某月某日

僵硬的微笑：

24小时保持微笑，可能吗？

笑容是迈向快乐的第一步，所以演职人员必须用灿烂的笑容来迎接宾客。

培训的时候，负责人引用了沃尔特·迪士尼的话，“我希望每一个到访的人在走出园区大门时脸上都带着笑容”，教导我们灿烂的微笑比愁眉苦脸更能让自己感到快乐。

我觉得非常有道理。

虽说心里这样想，但想和实际去做是两码事。

和我一起参加培训的同事里，有的人从第一天开始就带着非常自然的笑容去执行业务。我却很不擅长。

我在集中精力打扫的时候，脸上的笑容不知不觉就消失了踪影，取而代之的是严肃的（在旁人看来是凶恶的）表情。而当我努力挤出笑容时，脸上的表情看起来却很僵硬，跟抽筋了似的。我也察觉到自己有这个问题，可不论怎样都做不到自然地笑。

这份工作差不多做了两个月后的一天，我正在台前干活，SV下松女士突然朝我走过来，表情十分严肃。

“笠原先生，我有话要对您说。请到后台来。”

我心里纳闷，跟着她走到后台。下松直视着我的眼睛，说：

“您的表情太严肃了。请注意保持微笑。”

当时我专注于打扫，忘记保持笑容了。下松说话的方式有些强硬，我随即辩解道：

“说是这么说，但什么事都没发生时还要保持微笑，我做不到。”

听了我这话，尽管隔着两代人的年龄差，她还是口气坚决地对我说：

“请您有意识地保持嘴角上扬。如果不能保持微笑的话，那只有请您去别的岗位了。”

当时这份工作我才做了不到两个月。我是出于喜欢才来应聘的，怎么也不能在这时候被打上演职人员失职*的烙印。

那次争执之后，我没有强迫自己堆出笑容，而是注意随时保持嘴角上扬。因为勉强自己笑，所以表情才显得僵硬，如果只是上扬嘴角，就可以很自然地做到了。

---

* **演职人员失职**：有的演职人员因多次违反迪士尼对发型等外表的规定（第2章内详述）而被开除。

最初我埋头工作的时候还是会忘记提起嘴角，经常是猛地一下子回过神来。不过后来我逐渐习惯了，能有意识地一直在嘴角上扬的状态中工作。“从形式入手”也不失为一种有效的方法。

我被SV提醒后又过去了半年，有一天SV下松在后台跟我搭话。

“你把笑容追到手了呢。”

她的笑容温柔极了。

这之后，她以前所未有的速度一路绿灯地升职*，从SV部门升迁至公司总部的职员部门。

---

* **一路绿灯地升职**：下松的职业路径被视为女性社员的模范。

某月某日

收垃圾的：

反思清洁行业承受的歧视

在巡游开始前，我们需要推着两轮推车沿着巡游路线回收垃圾。我们会边走边对宾客说："如果您有用完未扔的垃圾，请交给我们。"

"喂，收垃圾的！"

身后有谁扯着嗓子喊了一声。

是一位看起来年纪五十岁左右的女性。我对自己被称作"收垃圾的"感到非常震惊，下意识地僵在原地。

那位女士将手中的塑料瓶扔进手推车后就走了。也许她没有任何恶意吧。

我本人对清洁工作没有任何的偏见。

演职人员彼此不会戴着有色眼镜看待其他工种的同事。你只要在东京迪士尼乐园工作，几乎不会感受到偏见。

我为自己的工作感到骄傲，但被叫作"收垃圾的"这一天，整日里我的心情都罩上了一层阴霾。

此时我开始思考，当我听到别人称自己是“收垃圾的”之后，究竟是为什么而心绪不宁呢?

这个社会对清洁行业劳动者的歧视依然顽固存在，根本没有消失。哪怕知道这份工作对日常生活来说是不可缺少的，但不知不觉间还是会居高临下地看待清洁劳动者。“收垃圾的”这个称呼便是此番心态暴露出的一角。

在我做这份工作之前，我只是偶尔打扫打扫家里的马桶，从来没干过打扫公共厕所的活计。

刚开始，我对打扫所有人都可以使用的公共厕所怀有抵触情绪。

东京迪士尼乐园内的厕所打扫得很频繁，时刻保持着洁净。但是，有时候也会出现便器上粘着大便或阴毛，抑或地板上小便飞溅的情况。

大便器的话，我们会用小一圈的厕纸和杀菌剂进行清洁*。

清洁时，我们会正对便器坐下，喷洒杀菌剂，然后用厕纸擦拭干净。清洁过程中要把脸靠近便器以确认是否擦干净。擦到闪闪发亮可是个体力活。

起初我还会介意别人的目光。打扫小便器的时候，隔壁有人在解决问题，而我就在离他非常近的地方擦拭便器。

---

* **进行清洁**：有的宾客来到厕所，进入单间，门也不锁，方便之前也不会把坐便圈抬起来。清洁沾满尿液的坐便圈很费功夫。这样的人在自己家也是这样的吗?

不过也只有刚开始的日子里，我才会介意便器的肮脏程度，以及别人的目光。

转变的原因里当然有习惯的成分，但更重要的是，当我视它为工作，全神贯注去做的时候，脏污和别人的目光便不再是我考虑的因素。

在做这份工作以前，我并不会特别注意清洁行业的人。虽然我对他们没有任何看不起的意思，但也从来没有主动打过招呼，或者表示感谢。事实上，我在迪士尼做清洁员的八年时间里，在洗手间里被宾客说“谢谢您”“辛苦了”的次数分别只有一次*。

成为演职人员的经历给我自身也带来了变化。我成为清洁员后，在不同场合看见清洁员的身影时，都想跟他们说一声“谢谢”“辛苦了”，我也的确这样做了。因为我切实感受到了厕所清洁、台面除尘、拖地清洁的工作有多么辛苦。

真正理解对方的工作，有助于我们消除顽固的歧视和偏见。这是我的看法。

---

* **被宾客说“谢谢您”“辛苦了”的次数分别只有一次**：清扫宾客掉在地上的爆米花，或者递给宾客地图，为他们指路的时候会被感谢。但一旦进入洗手间，这些都会消失。因此那次当我在洗手间里听见宾客的道谢很吃惊，对方说罢后若无其事地离开了，我突然对能够很自然地说出道谢的话的人肃然起敬。尽管只有两次，但给我留下很深刻的印象。

某月某日

通勤高峰：

“日常”和“非日常”的夹缝之中

离东京迪士尼乐园最近的电车站是JR（日本铁路公司集团）的舞滨站*。

从离我家最近的JR船桥站搭乘总武线普通电车，坐一站到西船桥站换乘武藏野线，再坐三站到舞滨站。

总搭乘时间大概十五分钟，通勤很轻松。我倒是想这么说，但早高峰的时候在西船桥站换乘难度很大，有时候电车太满，站台上的人没办法全都挤上车。

乘客们挤上车后，车厢里热闹非凡，到处都是即将进入“梦想国度”的年轻人的欢声笑语。

然而，不是所有乘客都对即将开始的非日常之旅满怀期待。这里还有许多过着日常生活的普通上班族。乘客中大概一半是

---

* **舞滨站**：1988年开设。听说最开始是计划叫作西浦安站。有说法是站名来源于神乐舞蹈“浦安之舞”，也有说法是来源于“迈阿密”（迈阿密的英文发音和舞滨接近）。舞滨站开通前，去往迪士尼的常规路线是搭乘地铁东西线到浦安站，然后再换乘公交车。

奔赴迪士尼的“非日常组”，另外一半是通勤的“日常组”。

从舞滨站出站后，走十分钟左右就是东方乐园公司*的总部。

一进门是接待处，然后是公司总部大楼，看起来和普通公司差不多。虽然这里怎么看也不像是主题乐园的入口，但偶尔还是会有宾客搞错。

在入口的刷卡处刷过ID卡**后，只需要大约一分钟即可抵达服装楼***，里面有便利店、演职人员商店、理发店、演职人员活动中心（入园门票售卖处、演职人员训练护照和五星卡等奖品的领取窗口，以及休息场所等）和服装中心****等设施。

楼里很大一部分空间都被演职人员专用的置物柜占据。我们工作之前先在这里换衣服。

虽然每个人有独立的置物柜，但柜子很窄，大概只有二十

---

* **东方乐园公司**：1960年成立。总部位于千叶县浦安市舞滨。是统筹东京迪士尼乐园、东京迪士尼海洋乐园、东京迪士尼度假区运营公司的控股公司。京成电铁和三井不动产是其两大股东。简称OLC。

** **ID卡**：通行证。我曾经有一次把卡忘在家里，被SV要求写检讨书。ID卡的照片必须面带笑容。

*** **服装楼**：原文是ワードローブビル，即wardrobe，意为服装间，衣橱。这里除了有置物柜、商店、演职人员店铺、三井住友银行的自动提款机之外，还有办理假期申请等各类手续的行政部门。是出勤时一定最先经过的地方。服装楼的别馆在“奥尔良剧场”的后台，我经常去那里吃午饭。

**** **服装中心**：每位演职人员的服装都是根据大小尺寸单独进行保存的。服装部别馆里也有。制服的清洁由东方乐园集团的相关公司负责。

厘米宽。我活了这么些年，还从来没有见过这么窄的置物柜。

一换上工作服，心情就会瞬间切换到工作模式。哪怕在身体不太舒服的日子里，只要换上工作服，也会跟变身了似的精神抖擞起来，能够自信地面对宾客。关于这点，我总觉得很不可思议。大概这就是角色扮演的力量吧。

某月某日

奔跑很危险：

全速猛冲的宾客们

开园四十五分钟前要举行晨会。如果是八点开园，那么晨会就从七点十五分开始。参加开场表演的演职人员在储藏室*前集合，SV会在这里和每一个出勤人员确认考勤。

偶尔也有人不提前打招呼就缺勤，不过最常见的还是弄错排班时间。每当这时，一大早便能看到SV慌慌张张的身影。

点过考勤后，SV会告知我们当日的天气情况、预计入园人数、餐食和周边商品的缺货情况，以及变更点（多数时候和爆米花有关）、园内项目的停运情况，等等。晨会大概持续十分钟。

---

* **储藏室**：storage，有保管、仓库的意思。是放置工作必备工具的大本营。晨会和总会都在这里进行。

晨会结束后，我们需要立刻准备好工作所需的工具*（地图、生日贴纸、擦手纸等），着手开园准备工作。

准备工作包括座椅清洁、洗手间内的灯具及可疑物品检查、饮水区的定期检查、清扫等工作。除了座椅清洁外，其他所有工作都必须在开园前十分钟结束，并向SV报告。每天的这个时候我都手忙脚乱的。

开园前，演职人员站在台前区域的各处静候即将到来的宾客，这一刻宛如风暴来临前的平静。

SV通过小组电话通知大家“开园”。大门打开，蜂拥而至的宾客们打破了寂静。他们脸上带着兴奋的表情，争先恐后地冲向目标游玩设施**。

这时候需要提醒宾客们小心踩踏。除了清洁员之外，其他演职人员也会帮忙提醒。

“奔跑危险，请放慢速度前行。”

演职人员纷纷提示。

有的宾客听到后会停下来，放慢脚步行走。但大部分人要

---

* **工作所需的工具**：这些工具都要装入挂在腰上的蓝色小包里。由于包的收纳空间有限，地图、擦手纸、生日贴纸等物品如果不够了，需要返回到储藏室补充。我们还要带上迷你电筒，很少用到而且分量不轻。某天，我在工作时把它藏到了后台的大垃圾箱（用来放指南、擦手纸等备品）里。不知道是谁挑刺儿，被SV发现了，让我挨了顿骂。

** **目标游玩设施**：在我负责的区域里，宾客们分成两组分别冲向“飞溅山”和“巨雷山”。

么选择无视，要么很快重新开跑。不少家长带着孩子看都不看一眼演职人员，只顾着朝自己的目标项目猛冲。

有一位看似独自一人的女性，看上去四十到五十岁，体形圆润。她奔跑时把前面的人不断挤向两边，非常危险。

“奔跑很危险*，请放慢速度行走！”

我大声喊道，可一点儿效果都没有。她完全不往我这边看，自顾自地朝前冲。这实在是完全不考虑别人的危险行为，我看着她远去的背影，心里猛然升起一股冲动，在心里嘀咕了一句：等着栽跟头吧。

就在这时，她踉跄着跑了几步，一个跟头往前栽倒在地上。

这显然是巧合，但我还是像自己做错了事情一样，内心充满愧疚。

我走上前去，刚想问问她有没有事，结果她马上站了起来，跟什么都没发生似的，以和刚才一样的速度朝前方猛冲而去。

“世界市集”**旁边是“加勒比海盗”，负责这个区域地面清

---

* **奔跑很危险**：《高中生也能培养出的专业意识 迪士尼乐园的三大教育理念》（高校生でもプロ意識が生まれる：ディズニーランド3つの教育コンセプト，生井俊著，kou书房出版）一书提到，“危险”是禁忌词，会引发宾客的不安。但至少我本人经常在工作中用到这个词，也从没有因为使用这个词而被SV警告或是提醒过。

** **“世界市集”（ワールドバザール）**：入场后最先经过的区域，是由一组维多利亚时期风格的建筑群构成的街区，包括带玻璃天花板的建筑部分和主入口、中央公园整个区域。

洁的人（一名）会特例性地*提醒宾客小心世界市集区域内的踩踏。

包括清洁员在内的十几名演职人员手里摇晃着“请勿奔跑”的塑料提示卡，微笑着提醒来场宾客。

今天的宾客也全速冲刺向前，从我身边擦肩而过。

自从上次目睹那位女性摔跟头，我在心里只会默默祈祷“千万别摔倒！”这就是我慌张凌乱的晨间一刻。

---

* **特例性地**：除了负责这片区域的地面清洁人员之外，当天在探险乐园工作的其他演职人员也要在探险乐园里找一个合适的地点待命。

某月某日

让人在意的隔间：

无人回应的敲门声

在东京迪士尼乐园里，对厕所的称呼是“Rest Room”。

前面我也介绍过，清洁人员分为台前负责人和洗手间负责人。排班的人会注意避免一边倒，让每个清洁人员都能兼顾两个区域。

洗手间里开着空调*，又是室内工作，在炎热和寒冷的日子里，这里的工作比台前要轻松很多。

而且，没有人会在厕所里跟你搭话，所以在这里的工作与台前比起来，和宾客交流的时候很少。

虽然这一点有利有弊，但在身体欠佳的时候，在洗手间做清洁不论是精神还是身体上负担都要小很多。而且，在这里可以按照自己的节奏工作，很多演职人员都偏爱当洗手间的清洁

* **开着空调**：不过部分旧的洗手间没有安装空调。曾经有同事于酷暑的日子在里面清洁，结果身体不适。

负责人*。

那一天，当我用大约二十分钟把我负责的洗手间打扫得差不多的时候，有一个隔间引起了我的好奇。

那是从里往外数第二间。从我走进洗手间开始，直到清洁工作结束，那间都一直紧闭着**，至少二十分钟了。

在厕所里花多少时间是每个人的自由，可如果有人晕倒在里面就麻烦了。

以防万一，我敲了敲紧闭的门。

咚咚咚。

……

没有回应。

我又敲了一次。

咚咚咚。

……

还是没有任何回应。

---

* **洗手间的清洁负责人**：在各区域内部的所有洗手间中，一名清洁人员平均负责大概三处地方。这是为了保证每个人能不间断地定期巡回打扫每间洗手间。再有就是，诸如餐厅、中央医疗室、灰姑娘城堡里的洗手间（通常不开放）也在负责的范围之内。

** **那间都一直紧闭着**：偶尔会有宾客藏在洗手间里，甚至不会发出一点声响，令人诧异。不论是在里面玩手机，还是女性在里面化妆，在演职人员看来都很令人担心。

门上着锁，总感觉里面有人。

我本应该装作什么事也没发生，转移去打扫下一处洗手间，但总觉得忐忑不安。

稍做考虑后，我站在门外朝里面说：

“我是演职人员。您还好吗？巡游表演很快就要开始了哟*。”

巡游表演确实即将开始，洗手间里都没什么人。

“我没事。”

隔间里传来一个男性含糊的声音。看来没有人晕倒。

“您有什么需要可以告诉我。”

我回应道。不过对方又没有了声音。

好歹我和里面的人说上了话，成功确认了对方的人身安全。于是我前往下一个洗手间。**

结束另外两处的清洁工作，一个小时后我又回到了原地。

此时我心里想的都是从里往外数的第二个隔间。要是门还关着的话，我应该怎么办呢？工作指导手册里也没有写对这种情况的处理方法。只能扫完地板后用水往里面冲一下试试了。

这么左思右想着，我一进洗手间就径直走向那个隔间。

门半开着，没有锁。地面上水从里面漫出来，打湿了地板。

---

* **巡游表演很快就要开始了哟**：巡游表演一开始，洗手间里的人就消失得无影无踪。这是绝好的打扫机会，我会在这个时候溜进去工作。

** **前往下一个洗手间**：清洁人员大概以每小时一次的频率在各个洗手间之间巡查。

我战战兢兢打开门。里面全是水。马桶堵住了，溢出来的水流到了地板上。

我回到演职人员的工作间，拿上疏通器（俗称搋子），对准马桶用力按压了几次，终于疏通成功。

我不禁好奇藏在里面的那位男性到底在这里做了什么。也许他绞尽脑汁想要修好堵塞的马桶?

啊，现在不是对这些事情大开脑洞的时候。这湿答答的地面，我得去拿拖把了。

某月某日

虽说谁都可以用：

洗手间的文明使用方式

东京迪士尼乐园内是完全禁烟的。虽然设有单独的吸烟室，但全园区内只有三处。于是，有一些忍不了烟瘾的无耻人类就会躲进洗手间吸上一口。

有一次，我跟往常一样在各洗手间之间巡查，忽然看到有个隔间里升起一缕白烟。从气味我立刻判断出是烟草。我站在隔间外，静候里面的人出来。

几分钟后，传来冲水的声音。一个三十岁左右的男人开门走了出来。

“不好意思，抽烟的话请您前往吸烟室。”

我严肃地说。

“啊，对不起。这里果然不行呢。”这个人不好意思地低下头。

我最多只能恳请对方注意，做到这个程度已经是上限。之前我也这样提醒过好几次宾客，大部分的人都会立刻道歉。

园区里有一些洗手间除厕所以外还具备多种功能*。

人多的时候，会安排专门的演职人员负责部分多功能洗手间，目的是让坐轮椅、有身体障碍的宾客能够优先顺畅使用。

使用多功能洗手间的人通常是推着婴儿车的，或者是坐轮椅的宾客，所以每组平均的使用时间比较长。门口常常会排队，这种时候我就会主动前往，和排队的宾客聊聊天**。

“请问您从哪里来？”

“从枥木县过来的。”

“感谢您远道而来。今天早上到的吗？”

“不是，我们昨天傍晚坐大巴到的，住在东京迪士尼酒店。”

很多宾客会因为和演职人员聊天而高兴，常常就此打开话匣子。

“今天的人要比平时多一点，不过还有一会儿就到您了。请再耐心等待片刻。”

没有别的地方能比这里有更多机会和宾客交流了。我很喜欢负责多功能洗手间的清洁工作。

---

* **除厕所以外还具备多种功能**：此类洗手间门口贴着面向坐轮椅、有身体障碍的人以及孕妇的标识。也有很多宾客来这里给小孩子换尿不湿。不仅在女洗手间里有换尿不湿的台面，部分男性洗手间里也有。

** **主动前往，和排队的宾客聊聊天**：做上一份工作时我在很多地方轮岗过，平时又喜欢旅行，日本除了高知县以外的都道府县我都去过。因此我对自己的谈资储备很有自信。

尽管多功能洗手间对所有宾客开放，但为了那些只能使用这里的人，最好把这里空出来。

如果演职人员站在外面的话，会产生一定的劝阻效果*，大家会遵守使用规则。

但是，如果门口一个人都没有，规则难免就会被无视。

曾经有一次，我结束休息回到岗位，看到一个坐着轮椅的宾客在多功能洗手间门口等待。我询问后才知道，对方已经等了十多分钟。

“让您久等，实在抱歉。今天因为是节假日，园区人流非常大。冒昧请问您是从哪里过来玩的呢？”

我就像之前一样，和宾客聊着天，等待里面的人出来。又过了几分钟，从里面走出来一位四十岁左右的女性。她看到眼前坐轮椅的宾客和我，表情尴尬地快速溜掉了。

一个人霸占这里十多分钟，这种做法有悖于多功能洗手间的使用礼仪。可是也许她也有自己的苦衷，我也不能提醒她。

日本国土交通省的调查显示，使用轮椅的群体中有百分之九十四的人都曾在多功能厕所门口排队，更有百分之七十四的人因为等得太久不得不放弃。

在普通社会里难以解决的问题，到了“梦想国度”也很难

---

* **劝阻效果**：当我结束休息返回多功能洗手间的时候，常常看到（貌似）健全的宾客从里面走出来。演职人员只要站在门口好像就有劝阻效果。

有所缓解。

偶尔也会有牵着导盲犬来园区的宾客。在当天的晨会上，演职人员会收到消息，像是“有一位牵着白色拉布拉多犬的宾客”。

导盲犬要上厕所的时候，演职人员会把它带到后台，结束后由清洁人员打扫干净。

我也有过将导盲犬引到后台上厕所的经历。那是一只长着聪明脸的拉布拉多犬。

训练有素的它跟在我身后，一进到后台，还没等我回过神来，它就露出一副很抱歉的表情，两条后腿铆足了劲，稳稳地蹬着地，非常敏捷地上完了厕所。

真希望每个人使用洗手间的时候都能遵守礼仪，心情愉快。

某月某日

成为演职人员：

在公司“搬砖”的黑暗时代

昭和五十年（1975年），大学四年级的我随波逐流地开始了求职活动*。

经过自我分析后，我认为自己不适合在银行、保险公司那样的地方做文职工作，于是把目标放在了以产品制造为主的公司。一番努力后，我拿到麒麟啤酒的入职名额**。

和我同时期进公司的新人有四十来人，几乎都是事务性岗位。

我一开始被派到大阪的分公司。在西宫住了三年半的单身宿舍，二十六岁时我结了婚，搬到位于芦屋的员工住宅。

之后，我又被派到东京、金泽、福冈、千叶、福井，然后又是东京，辗转在全国各个地方。直到四十五岁之前，我的职

---

* **求职活动**：当时求职活动是从9月1日开始，到11月1日企业开始发放录用通知。在夏末的酷热里，我穿着别扭的西装，努力去拜访企业。

** **麒麟啤酒的入职名额**：我还是个中学生的时候，父亲经营的公司（建筑工程行业）破产了，他很伤心。也许是因为这段经历，父亲得知我被录用时极为高兴。

业路径一直顺利地稳步上升。作为公司员工的生活还算快乐和充实。

然而，黑暗的时代不期而至。

四十四岁时我当上了福井分公司的负责人。当时我的上司是北陆分社的社长，佐久间氏。这位佐久间氏对人的好恶非常明显，在北陆地区的分店管理层里小有名气。

不知道是什么原因，佐久间氏一直和我保持着距离。

当时我们的竞品公司A社的商品销量特别好，麒麟啤酒处于劣势。

每个月我会去金泽参加一次销售会议，汇报商品的销售情况。

而每一次等待我的，都是来自佐久间氏的一顿痛骂。我负责的店铺的销售业绩和北陆地区其他县差不多，但佐久间氏只把我当作他的靶心。

在一个圣诞前夜，我被叫到分社长办公室，被佐久间氏敲着桌子劈头大骂了一顿。

“你能不能对公司有点用？”

我低着头，感觉全身的血液瞬间变得滚烫。

我想起了那些为销量感到苦恼的日子。每当接近月末的时候，我都因为不知道怎样才能把数字做得好看一些而感到无比压抑，一想到“销售会议”，我就觉得内脏像被一股力量用力挤压。

坐在从福井站开往金泽站的特快列车里，我看着窗外北陆地区特有的铅色天空，感觉自己快要被压垮了。

那个时候的我已经逐渐偏离了上升轨道。我很怕不久前还和我并肩工作的同事们把我甩在身后，感到焦虑。那时候，我的脑子里只想辞职，离开公司。

当时我对月季很着迷，就想着转行去月季园工作。我浏览着月季园主页上公布的招聘信息，以此来逃避现实。我决定工作到五十七岁时提前退休，心里数着剩下的年头，等待那遥远的一天到来。

之后，我终于被调到了公司本部，却很难适应被重新分配的“危机管理”岗位，再加上和上司的关系又很差，在岗期间发生过好几次摩擦*。

按照几年前的决定，我先于法定退休年龄三年，在五十七岁时选择了提前退休。和我同时期进公司的很多人都和我一样，选择了提前退休**。

---

* **发生过好几次摩擦**：不过，最后我被派到东京田町做销售的时候，和之前的工作环境完全不一样，我每天都过得很充实。

** **提前退休**：在这个时间退休的话，退休金的增长幅度是最划算的。很多和我同时期进公司的人也是如此判断。尽管有很多烦心事，但也是因为进了这家公司，我才能够过上和常人一样的生活。

我希望自己在提前退休后的第二人生里，能从事和之前完全不一样的工作。有一些人退休后选择重新进入酒品行业，而我则希望在完全不同的领域，从事非事务性的工作。

我正在思考自己应该做什么时，一次偶然的机会，我读到了某本杂志上一位六十四岁的女性在东京迪士尼海洋乐园当演职人员的文章。

文章里，这位女性说自己在工作中和宾客们接触的每一天都感到非常快乐和充实。这篇文章深深触动了我，而且杂志刊登的照片里，她的笑容给我留下了深刻印象。

东京迪士尼乐园一直是我很喜欢的地方。最重要的是，在那里工作会很开心，而且距离我住的地方也很近。

我知道演职人员收入不高，但我从六十岁开始就可以申领养老金了，生计应该不是大问题。于是我下定决心，要成为一名迪士尼演职人员，心怀梦想和希望。

我投递了应聘演职人员的申请。后来收到通知，前往位于舞滨的东方乐园总部参加面试。

面试不需要携带自己的简历，我在本部发给面试者的指定表格上填写好必填项目，然后坐在简易隔间的座位上，接受面试官的一对一面试。

面试官递给我的纸张上有一栏写着“意向职业种类”。我写上了心里预先想好的答案。

面试后大概过了两周，我收到了面试结果的通知*。

我被录用了，是我想要应聘的清洁员岗位。当时我五十七岁。

* **面试结果的通知**：去面试之前，我读了几本关于迪士尼的书作为预习。妻子看我的样子，笑着说我“真是认真”。当我告诉她自己被迪士尼乐园录用了后，她鼓励我说：“加油，我支持你。”

第二章

绝对不能说出去的事情

某月某日

钱的事：

“绝对不能说出去”

在东方乐园公司工作的一大半演职人员都是“准社员”。我签的当然也是“准社员”合同。

根据词典上的解释，“准”是一个接续词，表示“受到接近接续对象的对待”“略低于接续的对象”。

但是东方乐园的实际情况可完全不是这样。尽管名称里带着“社员”两个字，但实际是等同于非正式雇员的兼职岗位，和正社员*的待遇有着本质区别。

---

* **正社员**：正社员里大致分为三种岗位：1. 综合岗位：也就是最普遍意义上的正社员。很多女大学生尤其心仪这个工作方向，很热门。2 . 主题乐园的管理岗位：以前被称为“主题乐园社员”的大约八百名合同员工，从2016年开始从固定期限的劳动合同转成了终身雇佣。尽管这个岗位的工作内容是负责主题公园的管理，但待遇低于综合岗位。 3. 主题乐园运营社员：从2019年下半年开始，公司从准社员里招募有意向者并进行考核，计划到2022年完成20%的准社员转为终身雇佣的正社员。在此之前公司也会在非正式雇佣的准社员里展开正社员录用考试，但名额十分有限。新的计划可以看作公司为了乐园未来的扩张，稳定人才供应，提高乐园质量而设置了新型雇佣类型。准社员可以选择工作天数、工作的时间范围，只需担任一种岗位的工作。相比之下，“乐园运营社员”全天要负责好几种岗位的工作。在薪酬上，我听一位担任演职人员的熟人透露月薪是二十万日元上下。虽然是正社员，但待遇绝不算丰厚。

如果把正社员比作头，那准社员就是手脚。不是我夸张，故意贬低自己，这是我进入公司后，在工作中真切感受到的，正社员和准社员在工作分配上的差别。

这样的差别也如实地反映在薪酬上。

正社员拿月薪，准社员领时薪。

没有退休金，也没有奖金。啊，不对，准确来说，如果一周工作五天，一年会发两次被称为“奖金”*的酬劳。我的奖金是五千日元**。有时还有配套的特别慰劳金补贴，一万日元。

截至2021年3月末，公司的正社员一共有大约五千四百名，而准社员有一万五千八百名，占了整体的百分之七十五左右。

可以说，通过极大程度依赖非正规雇用的临时工和钟点工，公司建立起了更易获利的雇佣结构。

准社员的演职人员分为“M”“A”“G”“I”“C”五个层级，取自“MAGIC”（魔法）这个单词。C是最高级，之后按I、G、A……顺次排列。

层级不同，时薪也不同。基础时薪最高的是C级，一小时

---

* **“奖金”**：“奖金”并非无条件地发给任何人，是有门槛的，需要满足在特定期间内工作超过一定时长的条件。

** **我的奖金是五千日元**：回家后，我跟妻子说“发奖金咯，就这些”，然后摊开手给她看。她知道金额后脸上露出苦笑的表情。不过我只是一个小时工，能有奖金就不错了，得这么想。

一千三百五十日元，最低是M级，九百六十日元*。

演职人员里，超过一半的人都属于G级。我也是。对了，我的基本时薪是一千零七十日元（离职时）。

某天，我在仓库里的时候，SV说有事跟我说，把我叫到了隔壁的办公室。

我来到办公室，SV一脸严肃地告诉我：

“从今天起，你的时薪涨了十日元。这件事你千万不能告诉别人。”

当时我想都没想，差点脱口而出问他：“是十日元吗？”只涨了这么一点点，还叫我不要告诉任何人。

同事之间并不会聊到时薪的事情，但SV的意思一定是想让我们避免这个话题吧。

可是只不过是十日元的涨幅，就算一天工作七小时，多出来的钱也还不够买一瓶果汁。

我们来试着算一算，人数最多的“G级演职人员”的收入大概有多少。

按照一天七小时，时薪一千零七十日元，一个月工作二十

---

* **最低是M级，九百六十日元**：时薪以政府规定的最低时薪为准。另外，层级和时薪不一定都是正相关。比如G级的最高时薪是一千一百五十日元，但I级的最低时薪是一千一百日元；I级的最高时薪是一千二百五十日元，但C级的最低时薪是一千一百五十日元，会有这样倒挂的情况。

天来计算，这个岗位的收入是十五万日元左右（为了方便计算，我把交通补贴与岗位变动的薪金调整等增项部分和社会保险等减项部分相抵扣），这样计算下来，年收入在一百八十万日元左右。

除去住在自家房子里的人，如果在浦安市内租房子住的话，普通1K[1]户型的房间月租要六万到七万日元，所以每个月剩下可支配的钱不超过十万日元。如果不是像我这样退休后再就业的群体，要靠这份工作维持生计的话，手头很难有结余。

虽说演职人员的时薪*要高于日本最低工资标准，但在冬天的淡季期间，工作时间会大幅减少，再考虑到到访人数低于预期时会发生“消解”（详细情况见后文）等情况，可以说这份兼职完全不适合想挣钱的人**。

受到新冠疫情直接打击的同事们收入大减，他们的生活境况想必很严峻吧。

---

* **演职人员的时薪**：时薪依演职人员的岗位种类、工作时间段而有所不同。具体规定请见“东京迪士尼度假区演职人员中心”主页公布的信息。

** **这份兼职完全不适合想挣钱的人**：2013年12月，作为永旺商城旗舰店的永旺商城幕张新都心店开业（最新的电车站是京叶线的海滨幕张站），据说带动了京叶线沿线小时工薪资水平整体上涨。因此，和沿线的其他小时工相比，演职人员的时薪相对来说处于劣势。尽管现在受新冠疫情的影响，情况比较特殊。但比起园区内的餐饮服务演职人员，在普通餐饮行业打工的时薪肯定更高。

说到底，“准社员”这个称呼不过是公司针对支撑着乐园的众多演职人员施展的怀柔之计。

“多亏了各位演职人员”，东方乐园的“大佬”们总是煞有介事地把这句话挂在嘴边。

身为付出劳动的一方，听见这句话而感到欣慰的同时，我更希望公司能拿出真正的态度（上调时薪），而不是空谈。

译者注

1　指一种特定的日本房屋格局。K代表的是Kitchen（厨房）。1K房间是包括厨房和起居室的一个房间，厨房和起居室之间通常装有隔断。

某月某日

那些只限于此的话：

吐槽满天飞的场所

岗位级别最高的C级*的佐伯先生是四十多岁的准社员。他从小就非常喜欢迪士尼。现在是在东方乐园有十五年工作经历的元老，佐伯先生性格爽朗，在演职人员里很有声望。

他经常埋怨：

“我很喜欢迪士尼，但是我讨厌东方乐园。如果能变成迪士尼总部直营该有多好。”

演职人员的休息室里总是回荡着对SV和公司的不满等“只限于此”的吐槽。

有不少同事对佐伯先生的发言表示赞同。

之所以说得如此咬牙切齿，其中一大原因是上文中提到的，公司对演职人员的工作要求非常高，但付出的薪酬却很低，由

---

* **C级**：准社员五个层级（MAGIC）里的最高级别。和我在同一个区域里的一百五十名演职人员中，有十名是C级演职人员。高级别的C级演职人员和I级演职人员辅助SV的工作，也要肩负起精神建设的任务，培养新人和同伴。成为I级演职人员后能够获得培训员资格。有人因为不想做这个，自愿申请降级。

此引发了诸多不满。

另外，演职人员还经常会收到莫名其妙的指示。SV做出指示的时候不充分解释原因*也会招致演职人员的不满。

某天早上，晨会的时候SV说了这样的话：

“请各位定期检查洗手间里是否有可疑物品。还有，每三小时需要在规定的时间内向SV做安全报告。”

很多演职人员听了都觉得很奇怪。

我们一直在频繁地循环打扫洗手间，只要发现可疑物品都会立即向SV汇报。所以每隔三小时就要向SV汇报完全没有任何意义。

晨会结束后，我对佐伯先生说：

“隔三个小时汇报一次，真搞不懂到底有什么意义。”

老前辈佐伯先生解答了我的困惑，语气里充满了对SV的轻蔑。

“当然没有意义。只不过万一发生了什么事情，SV可以拿这个规定在领导面前当借口罢了。”

虽不能辨别真假，但我感觉佐伯先生的解释有一定的道理。

---

* **不充分解释原因**：很多时候是什么解释都没有。我甚至怀疑他们是不是故意对兼职的准社员保密。然而，不知道是因为很多同事对此种做法习以为常，还是早就放弃了期待，大家对此没有表现出明显的不满。

很多人都对作为领导的SV感到不满。*

比如，工作了很久的SV柳井，他的言谈举止都让人感觉为人懒散。夏天他会一直待在开着空调的办公室里，几乎不会来台前检查工作。

有一天，他在晨会上大言不惭地说：

“今天是我值班，工作上那些鸡毛蒜皮的小事情，不要什么都找我。”

在场的所有演职人员听完后都傻眼了，这也正好给演职人员在洗手间候场的时候提供了话题。

“一大早听见领导这么说，好好工作的热情被泼了一盆冷水。”

听见我这么说，喜欢八卦的女同事白井回应道：“是啊，不过要真出了什么事情，他肯定又会跟我们发火，骂我们‘为什么不联系我？！’”一边说一边模仿柳井说话的样子，把我也逗笑了。

像这样，在关系好的同事之间，我们会说些“只限于此”的事情，以此来缓解工作上的压力。

---

* **对作为领导的SV感到不满**：如果SV能够体恤演职人员，就会受到大家的爱戴，而态度强势、言行不一致的SV则会招致大家的讨厌。虽然道理很简单，但依然有大约两成的SV让大家感到厌烦，大部分的SV人都很好。

某月某日

八字不合的人：

惊人的接待能力

哪里都有八字不合、相处不来的人。在“梦想的国度”里当然也有。对我来说，同事小泉就是这样一个人。

小泉五十多岁，比我小五岁。他喜欢那种两侧头发剃得很短，头顶头发梳得立起来的发型，每天头发都打理得很精致。在后台的时候，他走起路来脚下带风，在仓库里总爱扯着嗓门让周围人听他大谈自己过去叱咤风云的“勇猛事迹”。

迪士尼演职人员的宾客服务颇有水准，但小泉的接待是另外一种意义上的惊人。

有一次我和他一起在台前区域打扫。

一位带着孩子的宾客来到他跟前，问道：“请问这附近有可以吃西餐的餐厅吗？”

他听完后，扬起下巴给他们示意方向，嘴上说了句：“那边。”

宾客肯定惊呆了，在一旁看的我也惊呆了。当时我最直接的感受是，还有这样的演职人员啊。

我一脸惊讶地望着小泉，他大概察觉到了我的目光，转而看向我，对我碎碎念道："总有些人问一些无聊的问题。"仿佛在寻求我的赞同。

别看小泉这样子，他在早班、加班、代工、节假日出勤上非常积极。

不过，出勤积极并不意味着他会积极完成工作。

每当轮到小泉做园区内垃圾桶的"卸货"工作*时，他都会想方设法地在台前区域来回逡巡，以减少回收垃圾的次数。这是他的拿手好戏。这个岗位没有明确要求工作时间，对工作量也没有明确规定。

但唯一能确定的是，清理垃圾箱的次数变少，必然会导致垃圾箱积累的垃圾变多，接替他的演职人员的工作量也就随之增加了。小泉的工作时间结束后，接替他的人总是很辛苦。

有一次，一个叫滨田的二十来岁的年轻演职人员对小泉的工作态度实在看不下去，就提醒他认真清理垃圾。

结果小泉对这个年轻人说："这种工作不应该让我这个老年人来做，你们年轻人要跟上才行。"

---

* **"卸货"工作**：指把垃圾桶里的垃圾回收进后台的大垃圾箱，统一扔掉的工作。回收垃圾专用的推车被称为两轮推车。园区游客密集、垃圾堆积速度快的时候，为了不让垃圾从垃圾桶里漫出来，演职人员要拼命不停地回收清理，运至后台的大垃圾桶。

小泉的借口让正义感满满的滨田非常愤慨，从此往后，滨田很讨厌小泉，极力避免和他接触。

还有传言说小泉因为某个月份的工作时长和SV起了冲突，甚至恐吓SV*。这样的八卦在演职人员之间传得非常快。虽然难辨真假，但大家都觉得小泉很可能做出这样的事。

不管对方是宾客是同事还是SV，小泉都摆出一副臭脸，态度傲慢，可唯独对年轻的女性宾客，他表现得积极又体贴。

同事土屋画公主画得很好，他做的手绘公主图案的生日贴纸，小泉拿了很多。这些贴纸他只让年轻的女性宾客挑选，然后赠送。

男性宾客或者小孩子凑过来时，他都一律无视。他在这方面的雷达敏锐度真是出类拔萃。

不过小泉曾经帮过我一次大忙。

有一次我因为有私事请了一天假，找了别的同事代班。但就在代班日的三天前，那位同事突然联系我说没办法出勤。我马上开始另找人帮忙，但因为只有短短三天时间，怎么也找不到能够代替我的人**。

---

* **恐吓SV**：我亲眼见过小泉刁难SV的情景。

** **找不到能够代替我的人**：如果请假时找不到人代班会被算作缺勤。当然不会有人这么做。通常的情况是要么努力托人代班，要么自己出勤。

我问了几个人都说不行。就在束手无策的时候，我在室外的吸烟室*看到了小泉。小泉是出了名的喜欢代班，但我对他没什么好印象，很难开口。可事已至此，也只能豁出去了。

“小泉先生，请问您可以替我代一下三天后的班吗？”

听见我这么问，他马上打开手机确认自己的日程安排。

“没问题。”

他当即答应了。

“这么突然地拜托您，实在抱歉。”我对他说。

“没关系，有困难相互帮助嘛。”他笑着回应道。之后他也没有因为此事让我觉得欠他人情。

直到离开公司，我都没喜欢上小泉，也没有和他变得更加亲近。尽管如此，我明白了，人都拥有他人无法轻易看到的另一面。

老人常说，无论怎样的人都有善良的一面。或许讨厌一个人时，眼里便只剩下对方的缺点。

小泉就是这样的一个人。一个相熟的演职人员告诉我，我离职后不久，小泉因为和宾客发生冲突而被开除了。

我不得不钦佩起他来。这样的离职方式真符合他的个性。

---

* **室外的吸烟室**：位于仓库附近。爱抽烟的小泉常来这里。他和关系要好、二十多岁的广野君一起坐在长凳上，瞪着眼睛观察周围的环境。

某月某日

迪士尼装扮：

遵守和不遵守的人

名为“迪士尼装扮”的指南对演职人员应当遵循的外形标准有着详尽的规定。光是这方面的内容就单独写成了一本手册。

简单来说，最基本的理念就是员工的外形应该让任何人看了都能产生好感。

迪士尼的规定事无巨细，对演职人员的头发颜色、发型、发饰、指甲、妆容、耳环、耳钉、戒指、眼镜都有详细的要求，涉及方方面面。

女性演职人员之间要相互监督，比如帮对方确认口红颜色是否太红。有时，需要调整的事项会通过SV传达给当事人，曾经有个男同事因为胡子和头发太长被强制要求下班回家。

虽然心里也清楚这并非中学的校规，但演职人员都会严格遵守外形指南。

有一次，刚进公司三个月的清洁人员木下穿着白色的袜子*来上班。而指南里规定，男性演职人员只能穿黑色无花纹的袜子。

我平时不怎么留意袜子颜色，完全没有注意到这一点。

一位餐饮服务区的女演职人员最先发现。她告诉我："那边那位演职人员穿着白色的袜子，违反了外形指南。请提醒他一下。"

她这么做，估计是觉得比起由她直接提醒，让同组的同事提醒比较不容易引起冲突。

"你今天穿的袜子违反了迪士尼装扮的规定。服装楼里的便利店有卖黑袜子的，你跟SV解释一下，快去买双新的换上吧。"

我对木下说道。身高一米八、体重九十公斤魁梧身材的木下突然缩起身子，局促不安地点了点头。

一个成年人提醒另一个成年人注意袜子的颜色，让我感觉自己好像变成了生活指导老师，心里有说不出的滋味。

另外，上班时**的个人着装也要"符合演职人员身份"，但在实际中，大家都随心所欲。

---

* **白色的袜子**：演职人员之间十分严格地遵守着服装的指南。在我八年的演职人员工作生涯里，唯独只见过木下穿白色的袜子。

** **上班时**：演职人员在上班和下班的时候需要把自己的ID卡（通行证）插进库房里的考勤机器打卡。上班刷卡时机器里传来米老鼠的声音说"早上好"，下班时是"下次见，拜拜"。

同事土屋曾打扮成牛仔来上班，而广野则穿着短裤和人字拖。

年过五十岁、体形微胖的盛田穿的是紧身超短裙搭配三原色上衣，非常吸引眼球。她的穿着风格很像大屋政子*，在众多演职人员之中最为醒目。出勤的时候，只要我在舞滨车站看到她，就会有意保持一定的距离，避免和她一起。

我呢，上班的时候爱穿polo衫加上西装裤，一副节假日里的上班族模样。

就像各人有各人的性格，在别人不工作的时候还要让人家遵守服饰的规定，怎么说也是没有道理的事。

---

* **大屋政子**：其丈夫是前帝人社长的大屋晋三，父亲是前众议院议员森田政义，她本人作为名流艺人活跃在娱乐圈。她说话嗓音尖锐，总是穿着以粉色为基调的艳丽服装，性格奇葩，称呼自己的丈夫是“家里的老爸”，在多个节目参与演出。不过现在知道她的人已经不多了吧……

某月某日

陷入拥挤的时候：

“梦想国度”里不应该有的声音

东京迪士尼乐园单日入园人数通常是两万到七万人。

春假、黄金周、盂兰盆节、年末年初的节假日是人流高峰期，人数最多的节日是万圣节。当然，周六、周日和普通节假日的人也很多。如果碰上周一是出于运动会等原因而调休的假期，乐园里也会很拥挤。*

在拥挤不堪的时候来乐园里游玩的宾客十分悲惨。

我想不少宾客是经历过的。热门项目要等几个小时，洗手间更是排队一直排到外面。不要说餐厅，就连买盒爆米花都要等很久。在这种状况下，孩子会抱怨连天，大人也会疲惫困顿，感觉在花钱买罪受，后悔出行。

这样的日子里，演职人员的工作也会非常艰辛。

---

* **也会很拥挤：**相较于周末的拥挤，工作日的工作会更加轻松，而时薪都是一样的。不过，也有同事更喜欢周末才会有的较为紧张的工作状态。此外，周末还有一件开心的事情是能和被叫作“周末孩子”的大学生演职人员聊天。

园区内游客超过五万人，热门的游玩项目要排两到三个小时，漫长的时间都是在等待中度过的。

小孩子连声抱怨着“还没到吗”，家长一脸不耐烦。在游乐项目排队区到处都能听见家长骂孩子的声音。

很多宾客的脸上都写满了对拥挤的无奈，还有一些人在混乱的洗手间对演职人员的引导方式感到不满，进而把怒火发泄到演职人员身上。

分享一件我在打扫洗手间小便池时发生的事情。那一天的园区也是拥挤得无可救药。

我按照清洁的流程，先在便池内喷洒除菌剂，同时把粘在便池壁上的阴毛也清理干净。

我提醒了附近的宾客多加留意，但一时没控制好手的动作幅度，不小心把少许喷雾溅到了旁边的便池前宾客的鞋子上。

他看到鞋子上沾着的除菌剂，脸上的表情变得凶悍起来。园区混乱时，稍微一丁点儿小事都会引发怒火。

“喂，这个，溅到我了吧！”

我听到了不应该在“梦想国度”出现的愤怒的声音。

“是我不小心，非常抱歉！”

对方的鞋子看样子穿得有些年头了。尽管我内心觉得没必要那么小题大做，但错的是我，只能埋下头深鞠躬，以表歉意。

那位宾客一言不发，非常不快地看着我，脸上隐隐露出杀气。有可能事情要闹大，我紧张了起来。

“非常抱歉！”我又一次埋头道歉。只要能熬过这个关头，道多少次歉我都愿意。

那位看起来和我年纪差不多的男性宾客还是一言不发，最后嘟囔了一句：“下次多注意点。”然后走出了洗手间。

人越多，宾客们越容易烦躁，一点小事就会引发对演职人员的投诉*，所以需要比平时更小心谨慎地待客。

* **投诉**：最常见的投诉是对游乐项目位置、巡游开始时间等事项的错误指引。由于宾客事后才会发现问题，所以常常不知道是哪位演职人员的失误。于是，演职人员全体都会受到提醒。

某月某日

太恐怖！埼玉县民之日：

不能忘记的纪念日

园区拥挤的时候，还有另一件让人头痛的事情，那就是垃圾的处理。

入园人数和垃圾量基本上成正比。入园人数一旦超过五万人，垃圾箱就会瞬间被塞满*。在扔垃圾频率高的地方，垃圾箱大概只用半个小时就满了。

专门负责倾倒垃圾的“Dump”清洁人员要来来回回地忙碌，绝不能让垃圾从垃圾桶里漫出来。收到清扫员的消息，得知有快要装满的垃圾桶时，他们要火速赶到现场处理。

“‘沙拉奶奶的厨房’餐厅出口旁边的垃圾桶已满，马上就要溢出来了！请紧急处理！”

传来了来自清扫人员的呼喊。

---

* **垃圾箱就会瞬间被塞满**：园区内拥挤的时候，就连后台扔垃圾的大垃圾箱也会塞满，无奈只能在旁边再放垃圾袋。到了傍晚时分，外面的清洁人员开着卡车过来，把大垃圾箱整个搬出去，换上新的箱子。

小组通话里的所有成员都能听见，所以清扫员这话乍一听像是影射负责倾倒垃圾的工作人员在偷懒，对方的处境也会因此有些尴尬。

负责地面清扫的人员在巡回各自负责区域时，会确认垃圾箱的状态。如果里面堆有垃圾，那就轮到压缩板*的出场了。

多数垃圾其实是纸杯和装爆米花的纸盒，用压缩板可以让垃圾的体积减小三分之一。这么做是为了在倾倒垃圾的专员赶来之前，防止垃圾满溢。

园区里也会有不文明的宾客，把用完的纸杯、烟熏火鸡腿的骨头随地扔，有时候是扔在垃圾桶旁边。一旦发现，我们必须赶快处理。

在“飞溅山”“巨雷山”“幽灵公馆”等人气项目的区域，垃圾箱呈蛇形（宾客排队的队形）分布。

穿过宾客的队伍时，演职人员需要提醒“抱歉！”“请让我通过”。垃圾倾倒人员推着两轮车，一边万分小心地避免碰到宾客，一边大声地进行口头提醒。**

偶尔我会在百货店里看到店员一言不发地推着大件货品从客人身边经过。“这种时候，要大声提醒客人”，我不自觉地想

---

* **压缩板**：棕色的四方形板。将板子放在垃圾上方，用力往下按，以此来压缩垃圾。因为不确定里面会有什么垃圾，为了演职人员的安全需要使用这个板子。

** **大声地进行口头提醒**：SV 要求我们不单在经过宾客身边的时候，在没有宾客的地方也要出声提醒。我觉得这个要求莫名其妙，并没有照着做。

提醒他多多留心，这大概是我的职业病吧。

让人印象非常深刻的是“县民（都民）之日”这一天的混乱状况。

10月1日是都民之日，6月15日是千叶县民之日，11月14日是埼玉县民之日，这一天公立学校放假，学生和带孩子的宾客都会涌到迪士尼来（不知道为什么，唯独神奈川县没有县民之日）。

11月13日的“茨城县民之日”，11月20日的“山梨县民之日”，从放假的县来玩的宾客也会变多，园区内会比较拥挤。

这里面最厉害的还要数“埼玉县民之日”。

当SV在晨礼的时候说“今天是埼玉县民*之日”时，就会在演职人员之间引发一阵既非发自感叹也非源于失落的骚动。

原因好像是大家普遍认为埼玉县民在礼仪上存在一些欠缺。

但是，为了维护埼玉县民的名誉，我必须在此明确声明，就我的观察，我并不认为埼玉县民和其他宾客在礼仪方面有什么差别。

---

* **埼玉县民**：实不相瞒，我有两年半的时间也是埼玉县民。最近的车站是北浦和站，北浦和公园和“万世之肉”（北浦和店）是我常去的地方。

某月某日

早班、晚班：
各有各的苦与甜

演职人员按工作时段的不同被分为“open cast”和“close cast”，也就是所谓的“早班”和“晚班”*。

我刚开始做这份工作的时候做的是“close cast”（晚班）。

我的生活习惯是早睡早起，虽然早班其实更适合我，但当时我一心只希望快点成为演职人员，丝毫不介意被分到哪一班，光是被录用**我就很开心了。

晚班出勤的时间虽然不同时期略有差别，但大体是从下午三点左右开始，持续到晚上十点半左右。

晚上十点闭园时，园区内会播放广播，催促宾客们离开。很多宾客听到广播后才意识到要闭园了，于是一窝蜂拥向出口。

---

* **“早班”和“晚班”**：只有C级的演职人员要做两种。早班和晚班衔接的时间段的出勤被称为“middle”（中间时段）。早班人员和晚班人员在有些时候也会当中间人员。中间时间段没有固定的工作人员。

** **录用**：每次更新雇佣合同的时候，都是和公司签一张A4纸大小的“准社员雇佣合同”，里面写明了工作时长的上限，我出早班的话是七点至十七点。

但是，也有人明明是在离出口很远的“幻想世界”，却把园区广播当作背景音乐，拍起了照片。

一定是想拍下没有人的园内景色吧。我能理解这个心情。

但是，有的人和朋友合影后，又会换不同的人单独拍照……我又不能对他们说“已经到闭园时间了，请您迅速离场”这样的话，只能在一旁微笑，心里念叨着“差不多得了”。

东京迪士尼乐园的闭园时间是晚上十点（也有更早闭园的时候），工作人员当天的总会*晚上十点二十分左右开始。

上晚班的人里有的光是单程通勤时间就要两小时，比如住在神奈川县的平塚、千叶县的君津、埼玉县的上尾、东京都的高尾的人。

从高尾来上班的广野君，哪怕晚上十点半准时下班，到家也将近凌晨一点了。这份工作如果没有热爱很难坚持下去。

晚班人员能收获而早班人员没有的福利是晚上八点半开始的烟花表演**。

---

* **总会**：以前是SV负责总会的整体流程，在我辞职的时候已经交给C级演职人员或者I级演职人员来负责。如果没有什么特别需要传达的事情，通常很快就会结束，更多是走形式。

** **烟花表演**：烟花表演常因风向原因取消。如果风朝舞滨的住宅区方向吹，烟花表演就会被取消。夏天的风经常是那个方向，所以夏天没有烟花表演。烟花的发射地位于“动物天地”的后台区域，所以在烟花表演的时段里，发射地临近路段会被封锁，宾客们只得绕一大圈才能回去。在烟花表演的第二天，“动物天地”里的木船乘船点和后台各处都散落着烟花的残骸（厚的硬纸板），收拾这些残骸便是我们清洁员的工作。

“梦想的国度”一天接近尾声，这时候，在灰姑娘城堡的上空，一朵朵艳丽的花火在空中绽放。不论看过多少次，我每次都仍会被感动。

我刚做这份工作的时候，只要一开始放烟花，我就会停下手中的活计，出神地眺望着夜空。

“笠原先生！”

突然听到有人叫我的名字，我慌乱之下回过头，看到了原崎先生。SV原崎先生四十岁出头，穿着打扮十分讲究，监督指导演职人员工作时态度凛然坚毅。

“你是这里的演职人员，不是客人，别欣赏得太忘我了。”

我成了“现行犯”。一想到我抬头仰望夜空的痴迷样子被他看到，我就觉得特别羞耻。

宾客离开后，回归静谧的园区美丽景致至今还刻在我的脑海里。这也是只属于晚班人员的福利。

不过，尽管上晚班会有一些特殊福利，但每晚要十一点半之后才能回到家，我的生活习惯无法很好地适应这样的工作时间。

我提交了申请，希望能调到早班。于是，在成为演职人员九个月后，我如愿以偿地成了早班出勤人员*。

早班的好处在于，刚开始上岗的时候台前区域还很干净，也不需要清理垃圾桶的垃圾，工作比较轻松。

这些都是夜间清洁人员**的功劳。

我上班的时候会碰上正要下班的夜间清洁人员。由于要彻夜工作，大部分夜间人员都是男性，偶尔也有年轻女性。

夜间清洁人员的时薪很高，适合不擅长接待的人。虽说如此，在寒冷的冬季、下雨天等状况下通宵作业是非常辛苦的。我很敬佩他们。

调到早班，最令我感激的地方是能很早回家。

夏天的话，艳阳高照的下午四点左右，我就可以回家了。在这么早的时间下班，是我在上班族时代想都不敢想的事。当我在电车里看到穿着西装的乘客，顿时心生优越感："我可是下班了。"

---

* **如愿以偿地成了早班出勤人员**：我永远记得当时的场景。2011年3月，晚上八点多，我在"动物天地"里的"飞溅山"出口附近被SV叫住，通知我调换到早班。我开心极了。几天后，发生了东日本大地震，东京迪士尼乐园闭园了一个月。园区重新开放后，我成为早班人员。

** **夜间清洁人员**：在"动物天地"后台的库房区域里也有属于夜间清洁人员的库房区。我出早班时会和正在打下班卡的夜间人员擦肩而过。同事称呼他们是"night桑"，我刚当上演职人员的时候，一直误以为是"内藤桑"。

某月某日

自我营销：

PHS和小组通话

晨会结束后，清洁人员除负责洗手间的人以外，全员都必须佩戴PHS。当天的领队和辅助负责人则需要随身携带PHS和无线对讲机*。

PHS和无线对讲机对演职人员的工作而言是不可缺少的重要器材。

对讲机里随时播放着来自迪士尼基地（无线机器的基站）的操作员的消息。信息多种多样，及时传递着园区内正在发生的大小事情。

携带无线对讲机的演职人员从纷杂的信息中筛选出应该与

---

* **无线对讲机**：机器很重，我不喜欢戴在身上。而且，上厕所穿脱衣服时也会很麻烦。

清洁人员全员共享的信息*，再用PHS以小组通话**的方式传递给大家。

小组通话里会出现下面这样的信息。

“请求处理呕吐物。地点在‘西部乐园’区域的商店前面，有人可以前去处理吗？”

其他演职人员陆陆续续发来回应。

“我是山田，我马上赶过去。”

“我是大野，我也能去。”

“我是高天，我也过去。”

简直就像鸵鸟俱乐部的必杀段子。

只有我在心里默念“去吧，去吧”。

说实话，大多数情况下，我都不会立刻回应，而是静观别人出动。

不过我也有我的理由。如果一味去太多的人，那么台前区域在一段时间里容易出现演职人员不够的情况。这不是我想看到的。

---

* **应该与清洁人员全员共享的信息**：游乐设施的运行状况（停运、重开等）、入园人数等信息。入园人数一旦超过四万，对讲机内就会通知。之后每隔三十分钟会通知一次入园人数和园内人数。随着开园的时间变长，离开的宾客人数也会增多，两者之间的差值越来越大。

** **小组通话**：如果搞错PHS机器上开关操作，可能落得自己说的话被收进小组通话的羞耻下场。幸好我从来没有经历过。但听说有的人在跟同事说SV坏话的时候，全被收进了小组通话里。

包括SV在内，演职人员可以通过小组通话的功能让大部分同事了解自己的言行。正因为它是一个如此方便的工具*，有不少人会抓住机会表现自己。虽然不是每个人都这样，但总有人利用此功能的目的是表现“我在很努力地工作”。

有时候，小组通话里会出现这样的信息：

“我是高田。仓库的地图和擦手纸不多了，我已补充完毕。”

像我这样性格不直爽的人，听完只会感到窝火，觉得这种小事完全没必要汇报。

今天，精致中年的SV原崎先生在小组通话里用他的男中音通知：

“装爆米花的盒子掉在地上了，撒得到处都是。位置在‘马克·吐温号蒸汽船’的乘船点前。有人可以现在赶过去吗？”

当时我正好在“乡村浣熊剧场”前打扫卫生。SV说的地方距我只有几十米，按理说很快就能赶赴现场。

“我是松村，我立刻去。”

“我是池野，我也去。”

立刻就有两位同事回应。打扫散落的爆米花，有两个人足够了。就在我秉持着一如既往的“去吧，去吧”的看客精神，对SV的指示充耳不闻的时候，“对了，好像笠原先生离‘马

---

* **如此方便的工具**：用它共享信息非常方便。但很多时候也能听见关系不错的两个人彼此用爱称来交谈，还要被动地听无关紧要的笑话。有时也会觉得费耳朵。

克·吐温号蒸汽船'的乘船点很近。"

小组通话中，一开始立刻在群里回应的松村先生的声音异常响亮。

屏息潜水的我，终于暴露在了大家面前。

"在，在的。我是笠原。我立刻就去。"

于是，我手拿垃圾桶和魔法扫帚，匆匆忙忙奔赴现场。

某月某日

神秘的丢失物：

一个发夹，可以帮我送过来吗？

我巡视台前区域时，总会发现宾客丢的各种各样的东西。

钱包*、毛巾、日程本、名片、袜子、围巾、手套、头绳、创可贴、雨伞、钥匙、钥匙扣、零食、药丸、项链吊坠、修学旅行的纲要、礼物列表**……

演职人员捡到客人遗失的物品后，原则上应该把东西掉落的地点告诉离自己最近的游乐项目里的演职人员，当场把东西交给同事。但如果是装有现金的钱包等贵重物品***，则需要送到

---

* **钱包**：某天，我经过“海狸兄弟的独木舟探险”的乘船点附近时，看到地上掉落了一个钱包。我正想着必须交到“大街服务区”时，一个看着像高中生的男孩子气喘吁吁地跑了过来，说自己钱包丢了。我检查钱包内的物品时，发现了本人的学生证，以此可以充分证明这个钱包是他的。他向我道谢，我也省却了专门跑去“大街服务区”的麻烦。

** **礼物列表**：写着人名和对应礼品名的带有折痕的白色笔记本纸张。不知道那张纸有没有回到丢失人身边。

*** **装有现金的钱包等贵重物品**：需要和“大街服务区 ”的工作人员一同检查钱包里包含现金在内的所有物品。一元硬币有几个，十元硬币有几个，等等，都要进行详细确认。

“大街服务区”*。这是原则。

但其实我们很难分辨这些东西是遗失品，还是被扔掉的东西，抑或是根本不需要的东西。

比方说，一个普普通通的黑色发夹。到底是不是丢失物品呢？不，应该是丢失物品吧。

经常有这种发夹掉在地上，一开始我很犹豫该怎么处理。为了保险起见，我专门跑去百元商店做过调研，店里摆着一盒四十个的发夹。

以常识判断，这样的发夹哪怕掉了，也没有人会特意去挂失。我根据这个判断，把掉落的发夹当作垃圾扔掉。同事也是同样的处理方式。

不过有一次，我不经意间看到从东京迪士尼乐园开业早期就来这里工作，并且著有畅销书的K前辈**写着这样的话：

“哪怕捡到的是一个发夹，也必须送还给宾客。这里是迪士尼，所有丢失的东西都会回到主人的身边。”

什么？K前辈，您指的该不会是我当成垃圾扔掉的那种发

* **送到“大街服务区”**：时间比较宽裕的情况下，我会把走到“大街服务区”的过程当作散心，但如果工作很忙，或者快要下班的时候，那一段路程则让人感到为难。

** **K前辈**：在东方乐园公司的老前辈，写了很多关于迪士尼的书，也举办过讲座活动。和我的工作时间不同，所以我没有直接见过。

夹*吧。

其他的遗失物品还有比如园区的护照、镜头盖、耳钉，等等。有时候宾客发现遗失的物品会主动来交给我们。

某日，一位东南亚女性朝我走过来，手里拿着透明塑料袋。

“您有什么事吗？”

我问道。不知道是否因为语言不通，她不置可否地向侧面歪歪头，然后顺势把手里的透明塑料袋拿到我眼前。

袋口系得很松，里面装着黄色的液体。那位女士把塑料袋举到我面前，好像在示意我快收下。

我一只手抓紧袋子，另一只手托着塑料袋底部，接受了那位女士的心意。

暖乎乎的。

……难道是？

女士脸上露出有些难为情的表情。看到我接过塑料袋后，她微微笑了笑，然后转身离开了。

……应该不会是那个吧……

突然我感到坐立不安。

我立刻冲到了附近的洗手间。解开塑料袋，闻了闻里面的味道。

---

* **当成垃圾扔掉的那种发夹**：虽说如此，有一些发夹是带装饰的，还有一些有特别的设计，这样的发夹我会好好上交。

扑鼻而来的氨臭。肯定错不了，是尿液。

我进入洗手间的隔间，把塑料袋里的尿液全倒进了马桶。然后收好塑料袋，当垃圾处理了。

不过，她为什么会手里拿着装有尿液的塑料袋，出现在台前区域呢？又为什么把塑料袋交给了我呢？其中的原委我不得而知。还好不是“大东西”*，而是“小东西”**，这算是不幸中的万幸。这是我的疯狂遗失物插曲。

---

* **“大东西”**：我负责打扫洗手间的时候，曾经看见过“大东西”掉在便器外面。一瞬间我觉得自己“屎”到临头了，但立刻努力调整心态，用手把屎捡起来清理掉。这也是我们的重要工作内容。

** **“小东西”**：我见过好几回学龄前的小孩子在外小便（父母允许的）的场景。还好没见过大人这样做。

某月某日

我最爱的东西：

翘首以盼的“消解”

我最爱的东西是“消解”。

第一次听到这个词的时候，我心里一紧，以为是解除合约。但实际上它指的是“出勤消解”*。

东方乐园会预测入园人数，以此来安排演职人员的配置。

但有时因为天气等因素的影响，实际入园人数和预期入园人数会少于之前的预测。

如果发生这样的情况，当天多出来的演职人员会在工作中或出勤前收到工作中止的通知。这种情况被称为“消解”。

如果出勤前被公司通知工作中止的话，就是“完全消解”。

---

* **“出勤消解”**：日本劳动基本法第26条（关于停工补贴）规定：“如因公司的原因而使劳动者暂停工作，在预定停工的工作日中，公司必须支付劳动者不低于百分之六十的薪酬。”如果发生“消解”的话，则需要支付百分之六十的停工补贴。另外，受到新冠疫情的影响，乐园被迫长期闭园（2020年2月末到6月末的约四个月时间），导致演职人员收入大幅减少，作为那段时间限定的特殊措施，停工补贴从百分之六十提升到了百分之八十。前同事说，这个措施让他们得到了很大的帮助。

公司需要支付出勤薪酬的百分之六十作为补贴。如果是工作中被通知消解的话，属于“部分消解”，公司除了要支付实际工作时长对应的酬劳之外，还要支付“约定的剩余工作时间 × 时薪”总额的百分之五十作为补贴。

我呢，只要遇见“消解”就在心里偷笑。光是比计划中早下班这件事就能让我获得一种特别的自由感，除此之外，一天中的空闲时间突然增多，有一种捡了便宜的感觉。

在天气恶劣的日子里，如果轮到我在中间时段*的出勤，出门上班前我会一直紧握手机，焦急地期盼“消解”通知的到来。

某个下雨天，我经过伊克斯皮儿莉（Ikspiari）购物中心朝公司走的路上，突然收到了“消解”的消息**。我激动地在心里比了一个大大的“耶”。

也有的时候，我在衣帽间换好衣服，走到仓库时被通知当天的工作“消解”。同事之间一边吐槽着“为什么不早点通知”，一边沉浸在下班的喜悦中。

还有的时候是在工作时间，在小组通话中看到“请回到仓库”的通知时，我按捺住提前下班的喜悦，佯装淡定地回答：“好的。马上返回。”

---

* **中间时段**：早班和晚班之间的时间段。

** **“消解”的消息**：“非常抱歉，今天让您‘消解’出勤可以吗？”有些SV会很客气地通知我们。我则会大方地回答道：“没关系。”

我踏着轻快的步伐回到服装楼，换好衣服朝舞滨站出发。路上遇见来出勤的同事时，我面露喜色地跟对方说：“哎呀，我的出勤消解了。”

通常“消解”都是由于下雨等恶劣天气。

台前区域在天气晴朗时很舒服，一旦下雨，我们演职人员和宾客一样，乐趣都大打折扣。谁都不想在雨天里干活，工作的动力直线下滑。所以，很多同事都会在天气不好的日子期待自己被“消解”。

我自己是无论何时都想被“消解”。但有一些同事不愿意，因为“消解”意味着收入减少。对于需要赚钱还欠款，或者想要早点攒齐旅行费用的同事来说，“消解”并不是一件值得开心的事*。

在工作中收到“消解”通知的时间大多在上午十一点。

十一点会公布当天的预期入园人数，同时SV会重新检查演

* **“消解”并不是一件值得开心的事**：同事跟我说，可以拒绝接受“消解”。我当然是没有拒绝过，所以不太清楚。听说如果拒绝的话，SV就会去问其他人。

职人员的配置，做出是否需要“消解”的判断*。

天气差的日子里，预期入园人数会减少，我们都心里默默等待着SV的联络**。

我在“西部乐园”里的“乡村浣熊剧场”附近做地面清扫的时候，当天同样负责这个区域的冈野和木下满脸得意地朝我走过来。

这两个家伙肯定是收到“消解”通知了。我心里有点不爽，闭着嘴什么话也没说。

“笠原先生，我们被‘消解’了！”

冈野知道我是出了名地喜欢“消解”，故意过来说给我听。随后两个人齐刷刷走了。我感觉自己被他们抛在身后，心里很不是滋味。

听说受到新冠疫情的影响，演职人员的出勤天数和出勤时间大幅减少。未来充满不确定性，我衷心希望演职人员对生活的不安也能早日得到“消解”。

---

* **“消解”的判断**：有一次，我被下达了“消解”的命令。我正高兴的时候，被SV叫住问：“笠原先生，你之后方便吗？”SV让我和被“消解”的另外两位同事一起前往服装楼的会议室。等待我的是和其他部门的约二十名演职人员一起做分类工作。这个时候还是“スピリット”期间（下述）。SV让我们当天之内把收集起来的回答用纸（卡片）做好分类。只有那一次，我期待回家后做点什么的雀跃心情在一瞬间灰飞烟灭。

** **心里默默等待着SV的联络**：坊间传言有的SV很爱出“消解”通知，有的SV则不愿意。如果当天的SV是前者的话，心里的期待值就更高了。

某月某日

预计入园人数：

猜中次数少到令人难以置信

每天晨会结束后，SV都会告诉我们事前预测的当日入园人数。

“今天的预计入园人数为四万人。”

大概是根据最近的趋势、当天是周几以及天气状况来判断的。

（今天应该到不了四万人吧。）

我在心里擅自推测。从前天早上开始就一直是秋高气爽的天气，入园人数远远超过了五万人。

但天气预报说今天一整天的天气都不好。再考虑到上午还时不时掉雨点，我做出了自己的判断。

入园人数如果是两万人上下，园内看起来便空空荡荡的。三万人的话则不多不少*，多于五万之后则是肉眼可见的拥挤，

---

* **三万人的话则不多不少**：四万人是衡量拥挤与否的标准。若超过这个数字，无线电话里就会收到超过四万人的通知。

如果超过七万人就会实行入场限制。

九点开园。那一天我负责“探险乐园”区域。

当我看到开园后立刻入园的人流量时，推测变得更加具体。看着眼前的人流，我预测今天的入园人数一定会低于四万人。

我刚进公司差不多一年的时候，每天晨会上SV告知当天的预计入园人数时，我都会竖着耳朵听。但工作两年后，我依靠天气、季节、日期，甚至舞滨车站的拥挤程度就能自己推测出当天的入园人数。

开园后大概过二十分钟，小组通话里会告知当天的实际入园人数*。

“今天的实际入园人数是一万人。”

（这时的实际入园人数是一万人的话，全天入园人数不会超过四万，在三万五千到三万六千之间。）

听到通知后，我坚定了自己的判断。

尽管入园人数预测十分重要，关系到当天演职人员的排班等事项，却总是不准。明明是基于各种数据计算出来的，但我的直觉猜得更准确。到底是谁用什么样的方法做出的预测呢？我不得而知。

---

* **实际入园人数：**指的是刚开园后的入园人数。根据这个数值能够大致预想到当天园区里的拥挤程度。

到了上午十一点，园区内会再发布一次当天的预计人数*，由SV或者当天携带无线通话设备的领班以小组通话告知所有演职人员。

“今天的预计入园人数是三万六千人。”

“看吧，我猜中了。”

我暗自得意自己做出了准确的预测。

入园人数的预计值常常高于实际情况。总是发生这样的情况难道是因为比起演职人员不足，让过剩的演职人员“消解”出勤更加简单吗?

晨会的时候，老员工们听到预计人数后互相对视，把头歪向一边。大体上，出现这种场面的日子，预计人数都是不准的。

大家都感到很纳闷。到底是谁、依照怎样的方法做出的预测呢？我甚至想过，要是在年终奖金的考核项目里加上预计人数就好了。

“四万八千人，会来这么多人吗？”

有一次，入职公司两年的准社员金田这么问我。虽然那天是学校的寒假期间，但正值寒潮来临。她也对预计人数抱有怀疑。“不好说。应该在四万出头，四万一千人左右吧。”

---

* **预计人数**：基于当天的实际情况，园区会发布更为准确的预计人数。

我摆出一副前辈的姿态说道。

那一天，我比以往更加紧张地等待着上午十一点发布的预计人数，仿佛自己等待的是考试合格通知。

“今天的入园预计人数是四万一千人。”

（完美！猜中了！）

此时此刻我对自己的预测感到无比的骄傲。

休息时我遇到了金田。

“猜中了。您真厉害！”

“现场人员的直觉比办公室的预测要可靠多了。”

我也不是一无是处。

不知道现在园区的人数预测有没有变得比当时更准确呢？

某月某日

条件反射：

“请问有什么可以帮忙的吗？”

演职人员在台前区域发现宾客察看手中摊开的地图时，便会上前询问：“请问您在找哪里呢？”这几乎已成为演职人员条件反射般的行为。

清洁人员被教导要看起来像“行走的礼宾”。

有一次，园区里举办了一场“和客人主动问候次数大比拼”。比赛内容是看每一位演职人员能够跟宾客问候多少次，把每个人的问候次数做成条状统计表贴在仓库里。公司为了让大家提高服务意识，办了这个员工之间相互比拼问候次数的竞赛。

所以，在迪士尼乐园内的问候是绝对的正义。

但是我对这个方案心存疑虑。

假如我是来游玩的客人，当我和同行人商量接下来去哪里的时候，并不想被别人搭话。

清洁人员佐竹刚来半年，是个做事认真的年轻人。他按照SV的教导，非常主动地问候客人。

在“乡村浣熊剧场”前，一对二十来岁的情侣看着地图在交谈什么。女方看样子不知道接下来该去哪里，于是和男友一起浏览着地图，讨论下一步的决定。

这种时候，我是绝对不会主动去搭话的。*

很难选定下一个前往的项目，找寻目的地的位置，这些都是在园区内游玩的乐趣的一部分。尤其是恋人们，这样的两个人的时间本身就已经充满快乐，不需要我去画蛇添足。

如果他们开始环视四周，看起来像在找人，我会把这样的行为理解为寻求帮助。这时再上前主动问候就够了。我这么想着，继续专心扫地。

但是认真的佐竹不这样想。他看到那对情侣在看地图，马上就走过去打招呼。站在一旁的我完全来不及跟他说，现在时机还未成熟。

“有什么可以帮您的吗？”

佐竹用温和的语气问道。

“没什么，没事。”

两人面露惊讶地看了看彼此，相互点头示意后，突然笑了起来。

“如果您遇到了困难，尽管告诉我。”

---

* **我是绝对不会主动去搭话的**：但如果是年长的男女，情况会不一样。面对我的同龄人或比我年长的人，我会更主动地问候。

“谢，谢谢。”

这对情侣手里拿着摊开的地图，向远离佐竹的地方走去。

这件事之后，佐竹依然到处跟客人搭话，却都惨遭拒绝。

然后，他会垂头丧气回到自己正在打扫的地方。

别心急，佐竹。哪怕资历再深的演职人员也会被客人拒绝，这是稀松平常的事情。不必介意。演职人员就是这样在每日的工作中积累经验，慢慢成长。

某月某日

上班到下班：

这就是演职人员的一天

一年里的不同时期或一周里的不同日子，园区的开放时间*都不一样。最早是八点开园。这时，我们要在开园四十五分钟，也就是七点十五分开晨会。这样的话，六点半就要抵达离乐园最近的JR舞滨站，意味着我六点前就要出门。

哪怕在这么早的时间，JR武藏野线西船桥站的站台上也已经站满了人，车厢内飘荡着即将前往“梦想国度”的年轻人的欢声笑语。

电车驶入舞滨站，乘客从车厢蜂拥而出。检票处挤满了年轻人和外国游客，通过人数的多少就可以预见今天园内的拥挤程度。如果检票口人满为患，我就知道今天园内肯定拥挤不堪，工作一定会很多，从这一刻起心里就已经惴惴不安。

---

* **园区的开放时间**：现在因为新冠疫情，开放时间有所不同。疫情之前，最长开放时间是八点到二十二点，最短的是一月到二月的淡季，每天十点到十九点。

出了车站，大约走十分钟*就到了东方乐园公司本部，然后去服装楼。在一楼的便利店买两个饭团当作午饭，然后上二楼，在储物间里换上工作制服。

原则上换衣服应该去专门的换衣间，但包括我在内的大部分演职人员都会在自己的储物柜前换装，专门跑一趟换衣间实在太麻烦了。

女性演职人员也有人嫌麻烦，于是直接在储物柜前换衣服。我有时会在不经意间用眼角瞟到，顿时心头一紧。这种时候我就把自己的做法放到一边，在心里吐槽对方怎么能在这里换。

换好衣服，拿上工具包**（装着雨具等各类工具）下到一楼，阅读完告示牌上的内容后，朝仓库出发。告示牌上是东方乐园各部门发布的通知。

我在仓库里遇到了同事石桥。

“石桥先生，早上好。今天这里的工作结束后也要去打工吗？”

---

* **出了车站，大约走十分钟：**虽然从车站到公司也有公交，但考虑到车次间隔以及距离不远，很少有人选择坐公交。我自己的话，除了台风天或极度疲惫的日子，基本上都是走着去公司。

** **工具包：**根据园区规定，我们放私人物品的包体积要小，颜色应为朴素的暗色调（黑色、棕色、灰色等）。清洁人员不论天气如何都必须把雨具及长筒靴带去仓库。但我在明显不会下雨的日子里会把那些东西放在储物柜里，因为很沉。而同事们都很老实地遵守规定。有一次，我判断失误，天开始下雨，同事们都换上了长筒雨靴，只有我没有穿雨具。当时要是被SV发现了，我一定会受到严重警告。

石桥先生在东京迪士尼乐园附近的巴士枢纽站做临时工，一周三次，负责确认预约远距离大巴的乘客都已上车。他年过三十，已婚，和我一样是东方乐园的准社员。为了赚生活费，他必须身兼两份工作。

“是的。从下午六点开始。今天看样子应该很热，希望尽量保持体力吧。”

石桥先生打趣地说。尽管做着两份工作，他应该十分劳累，但别说面对客人，就连和我们演职人员在一起时，他也从未展露出丝毫倦怠，脸上总是挂着笑容。

“笠原先生请注意防暑哦。”

“我们都保重身体。”

和一同奋战的同事之间这样微小却温暖的对话，成了我工作的润滑剂。

晨会结束后，我们立刻开始了当天的准备工作。

今天早上的天气预报显示最高气温是三十四摄氏度。早上八点气温已经接近三十摄氏度，我在为开园做准备擦凳子的时候热得浑身是汗。

八点，大门准时打开。

开园的通知会通过PHS传达给演职人员，我们提醒冲进来的宾客不要奔跑，但几乎没有宾客会听我们的话。

下午一点，终于到了期盼已久的午餐时间*。气温已经远超三十摄氏度，我全身汗流不止。

小憩（二十分钟）和午饭时间（四十分钟）是根据当天出勤时间的长短来决定的。当天工作未满六个小时是不能休息的。

但是，对于像清洁人员这样在室外进行体力劳动的工作而言，六个小时的工作时长真的很辛苦**。尤其像今天这样的烈日。

我路过仓库，拿上早晨在小卖部买的饭团，一路尽量躲避着烈日的炙烤，朝休息区走去。

一进休息区，我便看到右边的桌旁坐着同事小泉。他在一个人吃午饭。

我装作没看见他，转身往相反方向走去。在短暂的休息时间里，比起和性格不合的人一起吃饭，一个人要轻松很多。

四十分钟的休息转瞬即逝，一眨眼就到了开工的时间。看到外面的炎炎烈日，我实在舍不得离开休息区舒适的空调房。

小泉吃完饭收拾好后，朝我走了过来。

他从来不会主动跟别人打招呼，我只好主动地跟他问候

---

* **午餐时间**：当天午餐和休息的具体时间，早上出勤的时候是不知道的。接到小组通话中的指令后，清洁人员前往休息区或仓库，根据安装在那里的机器所吐出的指令条行事。一心想拿到午间用餐的指令时，机器吐出来的字条上却写着变更负责区域，此时心里会很失落。不过，负责洗手间的人员可以自主决定当天的休息时间，在自己觉得方便的时候休息。负责洗手间是个美差。

** **真的很辛苦**：我真的很想让SV也来体验一回室外体力劳动的艰辛。

“辛苦了”。他瞥了我一眼，然后面无表情地离开了休息区，一句话也没说。这个人的讨厌程度真是一点也没变。

再次回到工作岗位。我在打扫“乡村熊剧场”区域的时候，一个中学生打扮的女孩子过来问我：您在做什么呢?

我用标准回答告诉她：我正在收集幸福的碎片。女孩听完后满脸喜悦。就像这样，演职人员一天中哪怕只有一次和宾客共享的美好时光，那份喜悦都会是我们迎接明天的动力。

工作快要结束的时候，我总是很开心。下午三点四十五分，一天的工作结束了。

总会结束后，我回到服装楼。像今天这样的大热天，回到开着空调的室内，我顿时感觉自己又活了过来。

换上自己的衣服，收好被汗水打湿的工作服*，准备出新的一套。顺顺利利又是一天。

我拖着疲惫的身体走向舞滨站，满脑子都是泡完澡再来一杯冰镇啤酒**。

---

* **汗水打湿的工作服**：储物柜附近的换衣间里有淋浴室。不过我总是想快点回家，因为嫌麻烦所以一次也没用过。会使用这里的人很少。关于淋浴室，之前还听说一个三十岁左右的男性清洁人员在洗澡的时候内裤被偷了，同事们听后都觉得很好笑。

** **泡完澡再来一杯冰镇啤酒**：我脑海里的是麒麟啤酒出品的“一番榨”。

某月某日

打架：

这样的情景只见过一次

“飞溅山”项目前排队的人群中，在室外即将进入室内的那个位置，传来了骚乱的声音。

当时我正好在做“动物天地”区域的地面清洁。

我担心发生了什么不好的事情，于是火速赶到现场。

骚乱的源头是“飞溅山”队伍里的宾客。几个男子看样子彼此都是朋友，组队来园内游玩，大概有四五个人。

一名头发染成棕色的男性和另一名剃光头的男性抓住对方胸口，来回猛烈摇晃。看似朋友关系的另一名男性站在他们身边，试图阻止两人，但他只是嘴上说着“别动手”，除此之外，就只用手遮住脸上的笑意，并不是真心想将对峙的两人分开。

这时，棕发男伸出拳头向光头男的脸上打去，光头男随即施以反击。

两个人身高都在一米七左右，虽说不上是大块头，但终究是年轻气盛，血气方刚。

我从出生到现在，从来没有打过人，也没有卷入过人和人扭打在一起的争执，是个和平主义者。

虽然眼前的景象对我这个六十多岁的老年人而言或多或少令人发怵，但既然是演职人员，我就不能装作什么都没看见。

我决意插进互相斗殴的两个人之间。当我这个演职人员作为局外人涉入，他们的朋友见势也开始劝架。

“喂，别太嚣张了！”

“明明错的是你！”

虽然两人继续恶语相向，但我成功地把他俩分开了。

“请不要在这样的地方打架！”

我朝他们怒吼。两人虽然还是向对方怒目而视，但多多少少冷静下来了。

我想他俩争执的起因一定是鸡毛蒜皮的事情。这一队人把两人拉开后，再次回到了“飞溅山”的队伍中。

这件事很快尘埃落定，看样子不会继续恶化，也不会再起冲突，我觉得没必要让事情进一步扩大，所以并没有告诉同事和上司。

在我工作的这些年里，只亲眼看见过这一次发生在“梦想国度”的斗殴。

虽然乐园没有明文规定禁止斗殴，但在东京迪士尼乐园和东京迪士尼海洋乐园的指南手册*上以“请求”为名写着各种各样的禁止事项**。

比如这条如今广为人知的禁止携带“酒类物品、罐装及瓶装食品和自备食物”的规定。

哪怕是自己在家做的便当，园区内也是不准食用的，只能在园区外的野餐区域吃。

不过，虽然原则上禁止自带食物，但实际情况是客人偷偷吃诸如饭团***、零食点心这类程度的食物是被默许的。

“投喂和触摸野鸟等动物”也是被禁止的。不知道大家是无视规定还是真的不知道，擅自投喂动物的宾客很多。小孩子爱拿爆米花喂园区里的动物，这样的行为多多少少也是被默许的。

鸽子和麻雀不仅吃爆米花，还经常吃掉在地上的比萨和烟熏鸡腿残渣。对它们来说这里不仅没有天敌，还有取之不尽的食物，是真正的“梦想的国度”。

---

* **指南手册**：园内有日文、英文、中文（包括简体中文和繁体中文）、韩文共四种语言的手册。过去还有泰文和印度尼西亚文的版本，可能由于需求量甚少，这两个版本在2019年年末停止发售。在台前区域工作时，我只随身携带日语版。少数同事还会带上英语和中文版本。不过我们腰上的小包容量有限，并且在台前区域几乎只遇见过客人问我们要日文地图的情况。

** **写着各种各样的禁止事项**：指南手册里写着禁止“身着不符合园区规范的服装、露出文身”等行为。不过依然有宾客大大方方地展示自己的文身。按理说在园区入口应该有检查……

*** **饭团**：我在清扫台前区域的时候经常看到小片的黑色纸片状的东西。一开始我搞不清那是什么，仔细看后才发现，原来是便利店卖的饭团里用来包裹的海苔碎片。

某月某日

妻子的病情：

猝不及防的癌症宣判

我成为演职人员后大约五年半，在12月的某一天，妻子忽然被诊断出“患大肠癌的可能性”。当时我和妻子都是六十二岁。

妻子因为患有高血压，每年两次定期去家附近的医院做血液检查。当时检查出她贫血越发严重*，医生建议做脏器的检查，介绍我们去市里的外科医院。

当时我和妻子开玩笑说：“上了年纪，身体这里那里总会出点儿毛病。”并没有太当回事。

我们按照约定日期前往外科医院，妻子做了大肠镜的精密检查。

医生当场告诉妻子，“恶性肿瘤的可能性非常大”。

---

* **贫血越发严重**：当时妻子并没有任何明显的症状，如果不是医生建议，她的大肠癌会进一步恶化。而且如果她不是高血压的话也不会去家附近那家医院，很难说清人生究竟是祸还是福。

随即我们开始考虑去哪家医院进行治疗*。最后请医生给虎之门医院写了介绍信。这家医院在大肠癌症手术方面有诸多成果，从家过去也比较方便。

妻子在虎之门医院重新做了一次大肠精密检查，诊断结果依然是大肠（结肠）癌。检查之前我还抱有幻想，以为精密检查后会得到不一样的结果。我的期待落空了。

从医院回家的路上，我和妻子一起去参拜了虎之门的金刀比罗宫。人碰上这样的事情，很难不去祈求神明的保佑。

1月，妻子做了腹腔镜手术。

手术后医生说切除了包含病灶在内的约二十厘米的大肠，以及已有癌细胞扩散的数处淋巴结。听到医生说“扩散范围比预想的还要大”时，我和妻子受到很大的打击。

手术前医生对妻子癌症病程的诊断是Ⅱ期，手术后诊断结果变成了Ⅲ期，并且是正在发展的b期。

妻子告诉我，“事情既然发生了那就只有接受”，她已经做好了准备。她说自己的性格就是“心态转变得很快”。我的性格不像她那般豁达，对她的从容深感佩服。

手术一周后，妻子办理了出院。之后每三周去医院接受抗

---

* **考虑去哪家医院进行治疗**：我们基于各大医院在大肠癌手术方面的成果做了医院一览表（每个项目都写下评分，最后比较总分），和大女儿一家人、二女儿一家人一起商讨去哪家医院就医。

癌药物的治疗。原本共计八次的治疗，因为妻子出现了手脚发麻的症状*，再考虑到对生活质量的影响，最终医院在第五次治疗后决定中止整个疗程。我对此有些耿耿于怀，但妻子接受了医院基于她生活质量所做出的决定。

我的同事们虽然什么也没说，但有一次，一位同事突然对我说："总感觉您最近没有精神。"我原本想将工作和生活分开，以平常心完成自己的工作，但那个同事的话让我顿感自己的家庭问题被看穿了，让我有些措手不及。

尽管如此，事态不容许我们夫妇俩一直消沉下去。虎之门医院的医生建议我们"尽量做些让自己开心的事"。

医院的网站上写着"结肠癌Ⅲb期患者五年内的存活率是百分之八十"，这个数据给了我们鼓舞和希望。

那之后，有段时间我们会出远门旅行**，或者去日本桥、吉祥寺这样当日可以往返的地方。多笑能增强免疫力，怀着这样的信念，我们努力创造着快乐的时刻。

妻子每隔三个月要做超声波、CT、MRI等检查。每次我们

---

* **出现了手脚发麻的症状**：当时妻子手脚发麻的情况很严重，手脚碰到冰冷的东西会感到刺痛，我们把家里的门把手都用毛线包裹起来。她甚至不能握着圆珠笔写字。后来她的症状有所减轻，但没有完全消失。

** **出远门旅行**：我们每年去一次京都。我每次都会去上贺茂神社等以疗愈癌症而闻名的神社参拜，祈祷妻子的癌症不要复发、转移。

夫妇两人在主治医师面前等待结果的时候，都感觉自己的寿命好像又缩短了一点。

主治医生不会一上来就告知我们检查的结果，总是会先问妻子“感觉如何”，然后再告诉我们结果。

如果结果不错，我们就会打心底里松一口气*。遇上这样的情况，我们会在回家路上顺路去虎之门的金刀比罗宫，对神明表达感谢，祈求今后的保佑。

我们在焦虑和担忧中度过了许多个日日夜夜。终于在2021年1月，妻子成功挺过了术后的第一个五年。后来，我们去医院取7月做的CT检查结果时，主治医师告诉我们，妻子脱离了危险。

走出医院的门口，我对妻子说：“太好了。这是你努力的结果。”她马上回应道：“还好有你在身边。”

那段时期，我甚至感觉自己会因为担忧而折寿。但回过头来想，妻子的病让我们夫妻之间的感情变得更加深沉。

---

* **打心底里松一口气**：医生口中传来好结果的日子是最幸福的时候。我和妻子有一个小小的仪式，上午检查全部结束后，我们会去银座的麒麟啤酒店喝一杯庆祝。但是心态轻松的日子是有限的。在离三个月的定期检查还剩一个月时，我禁不住会想“要是检查出恶化了该怎么办啊”，原本轻松的心态逐渐消沉下去。

第三章

奇怪的宾客，更奇怪的演职人员

某月某日

走丢的孩子：

为了守护非日常的世界观

迄今为止，我没有迷路过。因此，我不知道人在迷路时会感受到怎样的不安和恐惧。

虽说如此，当小孩子在陌生的世界里忽然孤身一人时，不难想象他们会有多么惶恐不安。

有同事告诉我他始终记得小时候在东京迪士尼和家人走散，遇见了非常温柔的演职人员姐姐，在她的帮助下和家人重聚。同事说，当时的那个大姐姐在他心里是勇敢的女主角，是耀眼的存在。他因为那次经历，立志要成为和她一样的演职人员。

多数情况下，都是宾客发现孩子走丢后来找演职人员。负责游乐设施的演职人员和负责宾客引导的演职人员很难离开自己的工作岗位，所以很多时候儿童走失问题都交给我们清洁人员来应对。

当清洁人员发现有儿童走失时*，采取的应对方法是有严格规定的。

1. 首先查找监护人是否在附近。

2. 通知走失儿童中心**走失儿童的姓名、年龄、家庭住址、外貌特征等信息。

3. 取得上级的同意，带领儿童前往安全中心。

以上是处理的流程。

另外，接到监护人的问询时，需要：

1. 同监护人一同搜寻附近区域。

2. 介绍和引导监护人到走失儿童中心。

为了不破坏园内营造的非日常的世界观，园区内是不会广播孩子走失的消息的。因为这项规定，如何应对儿童走失变成了一件棘手的事情。

尤其是对演职人员而言，这是一项既要对孩子负责，又要

* **当清洁人员发现有儿童走失时**：走失儿童的定义是在十二岁（小学学龄儿童）以下，如果刚好是十二岁，那就需要确认是小学生还是中学生。园区规定安全中心接收的走失儿童只限于小学生。但是我在实际工作中并未经历过需要如此严格确认的情况。

** **走失儿童中心**：为小学及以下年龄的儿童和有智力障碍的儿童提供保护的设施，位于“世界市集”附近的婴儿中心旁。有些走丢的孩子会乖巧而放松地在里面玩耍。走失儿童中心里有绘本、玩具，里面的女性工作人员也非常温柔。大概是真的很舒适，我从来没有见过在中心里哭闹的孩子。

付出自己时间和精力的工作，说实话我自己一点儿也不想处理。

有一次，我在“小飞侠天空之旅”附近打扫卫生的时候，有位宾客过来跟我说“好像有个孩子走丢了”。

我跟着那位宾客走过去，看到一个三岁左右的女孩哭得满脸通红，周围不见她的家人。

“你怎么啦？”

我尝试着跟她搭话，但她由于哭到屏息，已经无法回答。试想这个年龄的孩子在陌生的地方和父母走散，内心会有多么的害怕，这样的应激反应在所难免。

“别担心，叔叔马上就会帮你找到和你一起来的人*。”我尝试用语言安抚她。按照手册上的规定，我首先确认周围是否有她的监护人，但没有看见任何像是她父母的人。

走失的孩子性格千差万别，有的年纪特别小却非常淡定，让人不禁怀疑究竟是谁走丢了。也有的孩子始终笑呵呵的，这次我遇上的小女孩属于大哭大闹、无法交流的类型。

“是三岁左右的女孩。头发长度及肩，穿着红色的运动服上衣……”

我正在向走失儿童中心汇报。结果女孩的父母已经联系了

---

* **一起来的人**：考虑到有失去父母的孩子，公司教导我们在询问他们的时候不说“爸爸妈妈”，用“一起来的人”取而代之。参加公司培训的时候，我很佩服园区这种细致入微的关怀。

中心，对方描述的身高、服饰等各项特征都和我面前的这个小女孩吻合。

我牵着还在哭泣的小女孩的手，朝走失儿童中心走去。

“不会有事的。妈妈在等你呢。和叔叔一起去找妈妈吧。”我边走边试图安抚她的情绪。

这个孩子长大后回想起曾经帮助走失的自己的这个叔叔，一定不会认为他是英雄吧。不过，她在迪士尼乐园的回忆只要不被走丢后的惶恐不安所浸染，那就够了。

我们走到走失儿童中心后，已经在那里焦急等待的父母马上跑了过来。

“早纪，终于找到你了！”

妈妈将女孩紧紧抱在怀中。也许是妈妈的拥抱让孩子放下了戒备，她哭得更大声了。我也算完成了一件大事，此时心情舒畅地站在一旁见证亲子团聚。小女孩又被爸爸抱了起来，这时她终于停止了哭泣。

父母沉浸在和女儿团聚*的喜悦中，他们的眼里已经看不见在身边替他们担心的演职人员，以及我的存在。

“谢谢您抽出时间来处理这件事。非常感谢。”

---

* **团聚：**大多数情况下，虽然有时间间隔，但还是能实现亲子顺利团聚。但是，也有过好几个小时见不到面的情况，最后的手段就是通过群通话告知走失儿童的信息。来园的时候请务必留意。

只有走失儿童中心的女演职人员留意到了我，主动跟我道谢。

我错失了成为英雄的机会，再度投入日常的清洁工作中。

某月某日

人际关系：

SV出乎意料的提醒

演职人员的同事们有男有女，年龄和人生经历各自不同，在日常工作中难免会产生矛盾和冲突。

SV作为演职人员的直属上级，每天都要处理职场人际关系方面的投诉。

有一天晨会结束后，女性SV水上来仓库找我谈话。

“我收到了风间的投诉，说你不把她放在眼里。是这样吗？”

风间是二十岁的女性准社员，高中毕业后成为演职人员，在餐饮服务区工作了一年后，被调到清洁部门，和我负责同一个区域。

她性格活泼，平时我们经常聊天。

风间跟我说了很多关于她和她家里的事。她读高中的时候参加了排球社团，在县里的比赛中曾进过前八名。她还有一个弟弟，现在是高中生，正在努力找工作。小时候她父母离婚了，母亲在生协超市做送货员，以此把姐弟两人抚养长大。

我在生协超市订购商品已经超过三十年*，再加上大女儿也在生协工作，所以自然对她有亲近感。我以为她对我也是一样。

因此，当我听到SV的话时，甚至以为水上搞错人了。

那天我回到家后，心里依然震惊，我很难相信性格开朗的风间竟然是那样看我的。

现在想起来，风间这个人不太有常识，常说错话，偶尔还会让气氛瞬间冷场。

有一次，风间对我说："那就破釜沉舟试试吧。""破釜沉舟，舟沉了可不行吧。"我开玩笑道。她也跟我一起笑了。回想起这件事，也许我的反应不自觉伤害了她。

第二天晨会结束后我去找风间，告诉她水上昨天对我说的话。

"我没有恶意。如果让你不开心了，我向你道歉。"我对她说。

"没有，没有那样的事情……"

风间支支吾吾，感觉很难为情。

---

* **在生协超市订购商品已经超过三十年**：我工作后的第一个工作地点是大阪，宿舍在兵库县的芦屋市。那时我第一次在生协购买商品。后来我虽然被公司派遣到日本各地，但一直都在生协买东西。

我和她都是早班人员，排班总是在一起，这件事情过后我俩也经常碰面，但总觉得彼此之间留存着芥蒂。

不仅我这么觉得，风间更是对此事有所顾忌，她再也没有像之前那样跟我开怀畅聊。

我从未从同事口中听说*SV会亲自介入或者留意这种人际冲突。这个时候也是，SV水上再也没有联络我，也没有告诉我具体应该如何处理。

风间之后也继续做了一段时间的演职人员，一直在拼命工作。

后来我听别人说，另一份在咖啡店的兼职让她更有工作上的满足感，所以就辞去了迪士尼的工作。

我想起来以前我俩经常聊天的时候，我看她有些体力不支，便对她说："我觉得风间你更适合在咖啡馆工作，要不你专心地做那个工作吧？"我的提议真的影响到她了吗？

我觉得我们之间不能这么别扭地分别，正当拿不定主意该怎么跟她搭话的时候，在仓库里，风间主动朝我走了过来。

"笠原先生，承蒙您此前的关照。抱歉跟您汇报得有点晚，今后我打算更专心地做咖啡馆的工作。"

我又见到了以前和她聊天时那张灿烂的笑脸。

---

* **从未从同事口中听说**：人际关系的问题容易变得复杂，也许SV有意避免过于深入的介入。

“很好的选择啊。风间你一定会做得很好。加油。”

我没多想什么，很自然地脱口而出。那一刻我感觉我们的关系又回到了从前。

某月某日

被割“韭菜”：

加入工会又怎样

成为演职人员后，我感到非常震惊的一点是，很多同事明明每周五天都在迪士尼乐园工作，但仍然持有乐园的年卡。

其中有个同事是迪士尼世界的狂热粉丝，去了好几次美国等世界各地的迪士尼乐园，也经常来东京的迪士尼游玩。

可能这位同事游玩的时候去的是和工作场所不同的地方，但于公于私都会到访，可见对迪士尼的热爱非同寻常。

尽管没有同事公开表示讨厌迪士尼，但也不是每个人都喜欢这个地方。

也有的演职人员只是把它当作“一份纯粹的工作”。

同事香川就是这样。他三十多岁，单身，很有绅士风度，做演职人员有十余年，属于老前辈。

从他说话的方式就能感觉到他对迪士尼没有热情。他几乎不知道迪士尼动画里的角色。

公司每年会给每个演职人员发八张左右的研修券*。香川自己从来不用，他的券都卖给了特定的“客人”。这是对迪士尼没兴趣的他独特的使用方法。

虽然香川对迪士尼的爱有所欠缺，但他的工作完成得特别好，人也很和善，我并不讨厌他。

不如说，他和迪士尼保持距离的态度和我有一些共同之处。

所以说，在众多演职人员中，每个人对迪士尼感情的浓烈程度都有所差别。也许站在组织的立场上，聚在一起的员工各有各的想法会更利于集体的多样性和健全发展。

在此，我想简单介绍一下工会的事情。

2017年，所有的演职人员都加入了工会。**

从此以后，每周上五天班的演职人员月薪会被扣掉大约一千日元。我认为这是被割的“韭菜”。

从原本就不多的收入中再扣掉一千日元，我认为太多了，而且我们并没有享受到应有的待遇。发给准社员的工会宣传手册里写道：“目前实现的福利”包括“将和式休息室改成西式休

---

* **研修券**：免费进入东京迪士尼乐园或者迪士尼海洋的门票。发此券的目的是“通过学习别的演职人员的言行举止，提升自己作为演职人员的能力”。通常一年发四次，总共可以领取八张。

** **所有的演职人员都加入了工会**：听说有部分演职人员拒绝加入。要加入工会只需在文件上签名。

息室，改装盥洗台，使之使用起来更加便利”，“休息区域里放置了微波炉”。

就算我们不吭声，这些事情不也是公司为改善支撑乐园运营的演职人员的工作环境而应该做的吗?

演职人员应该向工会要求的是“改善待遇”，直白地说就是提高时薪以及确保稳定的雇佣环境。

结果却是，直到辞职，我也没有感受到作为工会一员的好处。

某月某日

对迪士尼感情的个体差异：
小叮当教会我的道理

每位演职人员对迪士尼的爱和情感投入的程度都有所差别，这再自然不过。

拿我来说，虽然我不是很了解迪士尼里面的人物，但在同年龄段的男性群体之中，我算是喜欢的那一派。

我那一代人第一次了解到迪士尼，是在日本电视台播放的“迪士尼乐园”系列节目。

节目首次播出是1958年8月，在“三菱钻石时间”这个时间档，周五晚上八点开始，时长一小时。刚开播的那段时间是每两周播一期（隔周播出），和日本职业摔角比赛轮周播出。

如今我依然记得*，节目开场是小叮当奇妙仙子上下飞舞，边飞边用魔法杖挥洒出灿烂的金粉。

著有《被誉为圣地的迪士尼》（岩波新书）一书的能登路雅

---

* **我依然记得：**我也清楚地记得隔周播放的职业摔角比赛直播中，中间休息的时候，用三菱电机生产的电动吸尘机清洁赛场的场景。

子女士在那本书中记录如下：

“上周的电视画面展现了迪士尼那眼花缭乱的世界和美国领先世界的富足生活，这周同一个屏幕上却展示着相扑选手力道山用空手劈击败美国巨汉。我们日本小孩每周就这样，交替体会着自己内心面对美国这个陌生国家时的自卑感和优越感。”

节目开始播出的时候我才五岁。那个时候的我当然不会有这样的想法，只是在电视机前津津有味地观看。

迪士尼节目和职业摔角直播每周轮换播出的形式一直持续了九年。之后“迪士尼乐园”节目改到了别的日期和时间段，一直播出到十一年后的1969年9月。因此，迪士尼的节目我从五岁至少看到了多愁善感的十六岁。这个节目让很多日本人熟知了迪士尼的世界观，可以说是创下了丰功伟绩。

我对迪士尼感兴趣还有另外一个原因。自东京迪士尼乐园开园以来，我之前的公司就是它的官方赞助商*。

1983年4月东京迪士尼开园，就在一个月前，我和同事一起前去探访。

麒麟啤酒那时是“加勒比海盗”项目的官方赞助商，我和

---

* **官方赞助商**：迪士尼有官方赞助商的制度，适用范围包括特定的游乐项目、餐厅和商店。官方赞助商原则上限定一个类别一家公司，只有清凉饮料领域是例外，日本的可口可乐公司、麒麟饮料、明治等都会出现。

所属的市场部同事们分成几组在不同的日子里去现场考察。

我第一次体验“加勒比海盗”项目的时候，看到模型狗嘴里叼着牢房钥匙，神态动作十分逼真。我在惊叹中感慨，这就是日本从未有过的真真正正的游乐天地*。

另外，我在前文中也交代过，我的工作地点总是更换。四十三岁的时候，我被调到千叶县市川市**，在那里待了一年。从那儿到东京迪士尼乐园开车只需要十五分钟，当时我和家人买了四人团体年卡，常去游玩。

不管在人生的哪个阶段，我和迪士尼之间都延续着联系。

但是，五岁时初次相遇，工作后频繁拜访的迪士尼乐园在某一天成为自己工作的地方，这件事我无论如何也没有想到。

---

* **真真正正的游乐天地：**从此之后，每次我去东京迪士尼乐园，一定首先去玩“加勒比海盗”。我不喜欢惊叫类的刺激性游乐项目，但在这里能体验适度的刺激，排队的人也少。

** **我被调到千叶县市川市：**在这之后，我和家人在千叶县佐仓市买了一栋房子。没过几年，孩子工作后都离开了家。这栋房子对我们夫妻俩来说太大了，买下十年后我们决定卖掉。可是买家很难找。哪怕我们把价格降到比当初买的时候还要低，过了三个月也没有进展。最终等了四个月才卖掉，而且成交金额几乎降到了买入时的一半。这是我这辈子承受过的最大损失。

某月某日

志愿者的一天：

和少年的交流

在原公司上班的时候，我还有另外一段和东京迪士尼乐园有关的回忆。

麒麟啤酒公司发起了如下的慈善活动：员工在公司内部售卖从家里带来的书本、CD等，所得收益用来招待儿童福利设施里的孩子们去迪士尼乐园游玩。当天由公司的员工志愿者陪伴被款待的孩子们。

这项名为“你好，米奇”的慈善活动受到了参加志愿者的好评，公司里有很多员工都乐于参与。

那段回忆发生在我第一次参加“你好，米奇”活动的时候。

志愿者们会提前收到活动当天自己要陪伴的孩子的个人简介。和我配对的是一个男孩子，简介里写着他是滨崎步的粉丝。

为了当天能和他有共同话题，我开始认真准备，提前去CD租赁店借了滨崎步的专辑进行预习。

见面当天，来的是一位身材挺拔、性格腼腆的少年。

也许他面对陌生的大人时比较紧张。我想试着让他放松下来，于是立刻开启了话头。

“听说你喜欢滨崎步？”

“……嗯。”

“你喜欢哪首歌呢？”

“……倒也没有特定的。”

“叔叔我喜欢*M*这首。”

*M*是滨崎步非常火的一首歌。“又将有两人，选择离别的路”这一句在当时广为流传。这是我预习范围中的内容。

“……”

“叔叔我现在都在听。滨崎步写的歌词太深刻了。”

“……哦。”

之前的努力准备化作了泡影。临时抱佛脚的滨崎步之计在少年身上并没有取得什么效果。

我像他这个年纪的时候，也很难突然对陌生的成年人开怀畅谈。我在心里反省了一下，决定和他接触的时候保持适当的距离。

虽然一开始磕磕绊绊，但随着我们一起体验越来越多的游乐项目，少年慢慢放松下来，脸上开始有了笑容。

我和这个沉默寡言的男孩之间并没有太多对话。尽管有些遗憾，但只要他能在这里度过开心的一天就够了。我抱着这样的想法，陪着他游玩了园区内一个又一个景点。

当天还有另外几组志愿者和孩子在园内游玩。下午两点，所有志愿者和孩子都要去“加勒比海盗”区域里的赞助商休息室集合。

游乐设施入口右侧有一道门。从门进去，上二楼便是赞助商休息室。

宽敞的休息空间里放着大沙发，还有大大的角色玩偶。

实际上赞助商休息室里有一扇隐藏的门，穿过那扇门可以和宾客的队伍会合*，直接到离搭乘点很近的地方。这是赞助商的特权**。我们在这里集合的目的就是让孩子们享受一次特别服务。

当天，所有的志愿者和孩子都聚集在休息室。一个看着有点调皮的男孩子环视四周，大声欢呼“哇塞，好厉害”。

儿童福利设施的陪同老师在现场和我们说：“孩子们都非常期盼今天来到这里。在场的孩子几乎都是第一次来迪士尼

* **和宾客的队伍会合**：会合处的光线很暗，整个过程很自然。这里的设计让宾客们很难察觉到被插队。

** **赞助商的特权**：“幻想世界”内的“红心女王的宴会大厅”旁边有自动贩卖机，这里放了两台同为赞助商的可口可乐公司的自动贩卖机。这里的自动贩卖机的销量在全日本应该数一数二。但是麒麟饮品的自动贩卖机却在探险乐园内的“堤基神殿”附近建筑物的角落里。只有孤零零的一台，一点也不引人注意。三年后的2021年9月，我再进入园区的时候，看到“蒸汽船马克 · 吐温号”的乘船点附近新增了一台豪华的麒麟饮品自动贩卖机，于是毫不犹豫地购买了商品。

乐园。”

看到他们在乐园里激动地跑来跑去，眼中闪耀着光芒，我非常希望这一天能成为他们人生中的一场美好回忆。

第二天，我到公司后，一起参加“你好，米奇”活动的上司对我感慨：

“大概这些孩子内心也很孤单。一起游玩的孩子和我牵着手，有一瞬间他突然紧紧地把我的手握住了。那一刻我感觉心都被揪紧了。”

不知为何，这句话至今仍留在我的心里。

某月末日

人生故事：

演职人员形形色色的工作经历

五十多岁的清洁人员白井很喜欢聊天，只要在休息室的演职人员准备间*碰见她，我们二人总是会聊得不亦乐乎。

有一次，我们聊到了自己之前的工作**。我告诉她我之前在啤酒公司工作，随后她跟我讲了她的经历。

“我嫁到了德岛。婆家祖祖辈辈都以织染为生。我的婆婆是个很严厉的人。我和丈夫一家人相处了二十多年，直到几年前，我终于忍不下去了，于是抛下丈夫和孩子一个人来到了东京。”

我常和白井聊天，但从来不知道她有着这样的过去。

---

* **休息室的演职人员准备间**：在这里可以和平时难得说话的同事聊聊天，所以我会有意地主动搭话。我们可以自由地谈论同事之间的人际关系（谁和谁关系不好、谁和谁在交往之类的），说说对SV的看法，还可以互相吐槽，难得能在这里度过宝贵的时光。

** **聊到了自己之前的工作**：就我直接聊过天的人里面，有在五金采购中心、宠物店、连锁眼镜店、连锁药妆店、便利店工作过的人，有影像技师、工程师、保育师、护士、理发师等各种各样的职业。要说比较特别的职业，还有吉本兴业艺人养成所的毕业生。不知道是不是在吉本的学习成果，那位同事很有意思，大家都很喜欢他。

她突然毫无保留向我吐露出的经历让我十分震惊，但她的语气和神情没有丝毫悲凉，还是和往常一样淡然。

“你很不容易啊。”我回应道。

“离开那个家后，我心里马上就不郁闷了。重新回到单身状态，自己想做什么就做什么，心态一下子就不一样了。然后因为很喜欢迪士尼，我就想，要是能来这里工作该多好啊。”

白井做了二十多年的织染工作，五十多岁时毅然决然成为迪士尼的演职人员。

“那你的孩子们呢？”

“两个女孩子。大的那个考进了这边的大学，我们有时会见一面。我常常想念孩子们，但是德岛的家我不打算再回去了。”

白井非常坚决。

白井的经历并非特例。另一位同样是五十多岁的女性演职人员大林，也是在常年陪伴身边的丈夫去世后，从老家金泽来到东京，成了迪士尼的演职人员。

白井和大林两人都很享受在台前区域的工作，她们充满活力的样子给我留下了很深的印象。看到两人干脆果决的人生姿态，我由衷感到女性也许比男性更加强大。

清洁人员桥本在大学毕业后进入了一家五金采购中心工作，但他很快发现那是家黑心公司。

“上货非常累。光是在开店前摆好沙发、床、钢管这类东西就让我累得要命。每天关店后也有很多活儿，在店里得待到晚上十一点，几乎没有加班费。”

他工作一年后没多久就辞职了。

那之后，他做过几个兼职，后来加入迪士尼乐园成了演职人员。当时他才二十三岁。虽然他还不是正式员工，但在经历过黑心公司之后，也许迪士尼乐园在他的眼中正是一个“梦想国度”。

“和那家公司比起来，你觉得这里怎么样？”

我半开玩笑地问他。

“嗯，都是工作，总不会十全十美。不过在这儿不用一直跑仓库上货，也不会碰上奇怪的客人投诉。还是这里好一点吧。”

在“梦想国度”工作是一件开心的事情，为客人带来快乐也让人感受到工作的意义，这是好的一面。但另一方面，我们都是非正式雇用的临时工，工作不稳定，收入也很低，很难为自己制订安稳的未来规划。现实的情况是，我感觉三十岁以上的男性演职人员*里，已婚者的比例是低于社会平均水平的。

客人心里的“梦想国度”对演职人员来说不一定是“梦想国度”。每一位演职人员都活在自己的生存现实之中。

---

* **三十岁以上的男性演职人员**：我曾经建议未满四十岁的演职人员找一份稳定的工作。我告诉他们正式员工和非正式员工之间终身收入的差距、四十岁之后找工作的困难等。可能有人会嫌我烦，但是我总觉得自己作为“人生的前辈”，必须告诉后辈们现实中的情况。

某月某日

“神应对”的舞台背后：

东日本大地震的现场

地震的时候，我正在“幻想世界”里的“小木偶奇遇记”附近工作。

2011年3月11日下午2点46分，地面突然出现一阵前所未有的剧烈摇晃*，那个瞬间我预感到，这绝不是普通的地震。

“小小世界”前的水池里激烈地荡起了波浪，大量水花飞溅出来。

周围的演职人员连声大呼：“请大家保护好头部，蹲下身子。请远离身边的建筑物！”我立刻也跟着呼喊起来。

在后来的新闻里，东京迪士尼度假区的灾害应对得到广泛称赞，被称为“神应对”。真的是这么一回事吗？

我想在这里告诉读者我看到的“现实”。

---

* **前所未有的剧烈摇晃**：园区的震级为五级。

有些新闻*里说东京迪士尼度假区一年大约会进行一百八十次安全演习**。地震发生时，我已经做了九个月的演职人员，却从来没有接受过关于地震应对的训练。

地震刚过，大部分的宾客都蹲在原地。园区内随即响起广播，告知大家发生了地震。

然后，我们演职人员上前挨个询问宾客："有没有受伤的人？有没有身体感觉不适的？"完全是演职人员自发的行为。

在我视线所及的范围内，没有受伤的宾客。

当时有一位比我年纪稍长的同事也在现场，我问他："您觉得这次的震级大概有多少？"也许这个问题在他听起来有点不正经，前辈对我说："现在不是说这个的时候！快去帮助'小小世界'里的宾客！"

他的表情非常严肃。突发事件让每个人都陷入恐慌。

随后，园区广播播报了交通情况。所有的游乐项目也都停止了运行。宾客们听从演职人员的指引坐在地上。接下来的一段时间里情况都没有变化，傍晚时分天空下起了雨，气温顿然骤降。

不知道是谁的提议，现场开始向坐在地上的宾客们发放纸

---

* **有些新闻**：比如《OLC集团CSR Key Topics 2011：此刻我们想传达的事》（2011年9月）、《日本经济新闻》2012年3月15日的报道、西尾健一的采访文章等。

** **安全演习**：通常，早班演职人员在开园前，晚班演职人员则在淡季等闭园时间较早的闭园后进行安全演习。

箱和防雨御寒用的垃圾袋*。我也一起帮忙。

“非常抱歉，现在只有纸箱和塑料袋，可以稍微起点防寒作用，不嫌弃的话请拿去用。”

我一边向宾客道歉，一边发放物资。每位宾客都跟我说着“谢谢”，接过纸箱和袋子。

“小木偶奇遇记”旁边的“快乐岛糖果店”里，员工们向宾客免费发放罐装饼干。

宾客和演职人员都冷静地采取行动，但因为信息不畅，不光是宾客，演职人员此时也不知道真实情况。

在这样的状况下，我相信所有的演职人员都尽了自己最大的努力。在工作的四项行为准则**中，重中之重的“安全”这一条已在日常工作中烂熟于心，所以我们采取行动时，很自然地也会以确保大家的安全为首要任务。

但是应该反省的地方也是有的。比如正在进行的安全确认工作是什么，之后的预测是怎样的，这些信息都是缺失的。园区内的广播要是能再多提供一些让宾客们安心的信息就好了。这是我身处现场的切身感受。

后来的几天里，我才在新闻报道里得知，地震发生后，园

---

* **防雨御寒用的垃圾袋**：园内垃圾桶用的大号垃圾袋，在上面开三个洞，套在身上时可以伸出头和两臂。

** **四项行为准则**：东京迪士尼度假区让员工们必须牢记“SCSE”的四项行为准则，准则具体内容我会在后文详述。

区为了确认宾客的安全情况和建筑物的损毁状况，让全员离开游乐项目、餐厅、洗手间、商店等建筑物避难。

由于需要一定的时间*进行安全确认**，这才导致宾客们在室外等待了很久。最终，游乐设施停止运行，宾客们被引导到了经确认安全的建筑物内。

那天我的工作时间比预定的延长了一个小时（当天我值中班，工作时间到晚上八点），到晚上九点才结束。

从地震发生的时候起，园区内别提运行了，一切都陷入了中止状态。

下班后，我往舞滨站走去，准备回家。各处的交通设施也陷入混乱。我因为第二天休息，所以没打算住在这里，而许多演职人员得知交通的混乱状况后，索性在东方乐园公司的会议室住了一晚。

也许因为园区在建造之初就采取了应对地震液化作用的措施，园区内的建筑物和游乐设施看起来和之前并无两样。

等到了舞滨站，我才真正意识到这次地震有多么可怕。公交车站的站牌歪在路边，一大半陷入地下，只剩一米左右露出地面。人行道裂成了高低起伏的碎片，就像摇摆不定的海浪。

---

* **需要一定的时间**：据说确认“世界市集”的天花板安全状况用了较长时间。

** **安全确认**：包括洗手间的隔间等，清洁人员挨个确认所有的洗手间，确保没有人在里面。

眼前的景象让我再次意识到，一场可怕的灾难发生了。

京叶线停运了。我只好从舞滨站坐公交去浦安站，再换乘地铁东西线回家。

从中午起我一直没吃东西，照顾宾客忙得晕头转向，根本没有时间休息。我在浦安站找到了一台“卡路里伴侣营养棒”自动贩卖机，于是买了一点充饥。我从来没有吃过这个东西，这时却因为饥饿和疲惫的双重打击，感到能量一点点地补充进了身体。

东西线原本的终点是西船桥站，但那天地铁开到离原终点还有两站的妙典站就停了。我终于乘上了列车，车厢里空空荡荡的，最后在妙典站下了车。

下车后，我朝着家所在的船桥方向继续步行。

和我同一个方向的步行队伍一直延续到船桥。

我心里隐隐感到事态不妙，只顾不断迈着步子朝着家的方向前进。等我到家，时钟已经指过凌晨两点。

回到家我筋疲力尽，万幸的是，家里没有受到地震的破坏。

那天妻子和朋友去船桥吃午饭，正在吃饭时，地震发生了。她的朋友没法回到千叶市的家，只能临时来我们家住。

朋友的儿子那天晚上要从东京的公司回千叶市的家，因为船桥正好在两地中间，于是也来了我们家住。当时我家二女儿因为备产也住在家里，那天晚上这个小小的空间热闹极了。

受到地震影响，东京迪士尼乐园为了完成园区内的修补工程，暂停营业大约一个月。

临时闭园结束后*，再次回到舞滨的所有演职人员都在台前区域领到了一个蓝色的腕带**。腕带上写着这样的一句话：

“WE ARE ONE 心连心”。

---

* **临时闭园结束后**：只有“巨雷山”在此次重新开园之后因为岩石表面的修复工程而罩上了白布，比其他项目更晚恢复运行。

** **蓝色的腕带**：在园区里一个腕带卖三百日元。腕带的销售所得用于捐赠。演职人员的腕带是公司免费发的。

某月某日

高难度问题：

宾客们总是难以意料

只要在台前区域，就常会被宾客们搭话。尤其是清洁人员，因为会出现在台前区域的各个位置，所以被搭话的概率很大。

最常被问到的问题是："请问洗手间怎么走？"其他问题还有：

"木船的乘船点*怎么走？"

"哪里可以买到烟熏火鸡腿**？"

几乎所有问题都是关于餐厅、游乐设施、吸烟处的位置。

索要地图的情况也很多。有人曾说过，清洁人员没有销售任务，"只要礼貌微笑，朝客人招招手就算做好了工作"。倒也是这个道理。

"请问您有推荐的餐厅吗？"

---

* **木船的乘船点**：这个地方经常被问到。即使看了地图也很难找。

** **烟熏火鸡腿**：这是让管理员哭笑不得的热门商品，因为肉块和小骨头会掉到路面上，销售区附近的垃圾桶里很快就会堆积如山。

这个问题偶尔也会被问到。但要回答可不简单。我会跟对方确认想找西餐还是日餐、能不能接受自助餐、排队时长多久合适等问题，同时大脑飞速运转，锁定几个答案。

除了告诉宾客餐厅怎么走，我还会分享自己就餐的感受，以及餐厅的气氛等。

中小学生宾客会问“这份工作的价值是什么”或者“工作中让您感到高兴，或者需要留心的事情是什么”之类的问题。想必是学校老师布置的作业吧。面对这样的问题，我尽量认真地回答。

“这份工作让您感到高兴的地方是什么呢？”

“当我为宾客带来欢乐，帮助宾客们制造快乐回忆的时候。”

学生们认真地将我的回答记在随身携带的笔记本上，他们朝气蓬勃的样子可爱得很。

按照规定，对于宾客的问题，演职人员绝对不能回答“不知道”。SV告诉我们：“如果遇到自己不知道该怎么回答的问题，请用PHS联系SV。”

“灰姑娘城堡的高度*有多少米？”

---

* **灰姑娘城堡的高度**：和东京迪士尼海洋乐园里的普罗米修斯火山一样高，都是五十一米。顺便一提，园区内最高的建筑物是海洋乐园里的“惊魂古塔”，高度五十九米。根据日本航空法第五十一条规定，六十米以上的建筑物必须安装航空障碍灯。但是这样会破坏迪士尼的世界观和景观，因此，惊魂古塔的高度控制在了五十九米。

“米老鼠的身高*是多少？”

“美国河有多深**？”

这些刁钻问题我都会通过小组通话询问同事。哪怕是这样的高难度问题，小组通话里也总会有人给出答案，他们是工作中的强大伙伴。

有一天，我在“动物天地”入口附近扫地，一对二十多岁的情侣朝我走过来。

“请问‘幽灵公馆’怎么走？”

这种程度的问题简直是小菜一碟。我指着就在眼前的“幽灵公馆”，告诉他们“就在那边”。

“谢谢您。”

话音刚落，两人竟看都不看“幽灵公馆”一眼，径直朝反方向***的“巨雷山”走去。

宾客们的行为总是出乎意料。

---

* **米老鼠的身高**：官方答案是三英尺二英寸，约九十五点六厘米。

** **美国河有多深**：我也在网上查过，深度不详。我真想找个机会在小组通话里问一问。

*** **反方向**：虽然我心里会想“喂喂，告诉了你位置为什么会这样”，但他们也许是为了以后去做参考。在仓库里和同事说了这件事，发现大家都有同样的经历。

某月某日

Cosplay：
吞云吐雾的“制服少女”

现在我不抽烟了。我从十八岁开始抽烟，一直到四十五岁。四十五岁的时候，我去医院做高血压检查，医生劝我把烟戒掉。

那位医生让我把酒和烟都戒了，但我当时在啤酒公司上班，没法不喝酒。只好忍痛割爱，牺牲掉吸烟的习惯。

下决心戒烟的头两三个月，我只能靠吃糖来忍耐。一开始很痛苦，但熬过三个月之后，我成功地戒了烟。

尽管那已经是很多年前的事情，但现在我还是会做抽烟的梦。梦里的烟香得销魂。看来哪怕身体已经摆脱了尼古丁的诱惑，大脑的尼古丁瘾却很难消失。

对于吸烟人群来说，现在的东京迪士尼乐园大概是一个很憋屈的地方。

刚开园的时候，只有游乐设施内部是不能抽烟的。这句话现在听起来可能有些令人难以置信，当初包括餐厅在内的其他地方都可以抽烟。

我刚当上演职人员的时候，为了顺应社会趋势，园区内进一步加强了对吸烟行为的管制，不过台前区域内仍然随处可见吸烟区。现在，吸烟区的数量正在逐年减少。

和时代的风潮一致，现在园区内只保留了三处室内吸烟区。如果宾客有段时间没有来，再次入园时，会震惊地发现以前的吸烟区都不在了*。偶尔会有这样的事。

由于可吸烟的地方濒临灭绝，时不时会有宾客躲在洗手间隔间，或者在多功能洗手间这类园区的死角偷偷摸摸地抽烟。有时别的宾客会主动跟我们说“那边有人在抽烟”。如果我看到了这样的行为，作为演职人员必须予以提醒。

我记得在“巨雷山”打扫时曾发生过一件事。有位宾客一脸担忧地走过来跟我说：“我在‘西部乐园’的吸烟室**里看到有个女高中生在抽烟。”

偶尔会碰上女高中生抽烟的情况。我立刻赶去“西部世界”的吸烟室。

真的有人在里面。

---

* **震惊地发现以前的吸烟区都不在了**：“动物天地”最里面的室外吸烟室拆除后，我经常被问到这个问题。那个位置距离卖西班牙油条（churros）的店铺很近，附近安放有桌椅，偶尔会接到客人投诉说吸烟室的烟飘过去了。

** **吸烟室**：只有二十岁以上的演职人员可以做吸烟室的清洁。虽然打扫的时候会戴防尘面罩，但还是有很多演职人员嫌烟味大，不喜欢做这个工作。我也是其中之一。

一位女性客人正在吞云吐雾。她身着女子高中制服，头上系着米老鼠图案的丝巾。

虽说这里是吸烟区，但她竟然这样明目张胆地穿着高中制服抽烟。我这么想着，朝她走过去，准备加以提醒。

等我离她越来越近，这才终于看清楚，她脸上带着非常浓的妆。

不知道是不是觉得有些难为情，这位女性移开了视线，但仍在抽烟。

等我距离她只几米远的时候，我恍然大悟。

这个人不是女高中生。

她看上去应该是装扮成女高中生来园区游玩的宾客。从皮肤的光泽、皱纹来推断，这位女性的实际年龄很可能在三十岁左右。

有一个词是“制服迪士尼”，指的是已经毕业的女孩子们结伴穿上高中制服来园区游玩。

制服的感觉很特别，再加上合适的搭配，拍出来的照片发在社交媒体上很受欢迎。

这种现象我也是看电视才知道的。有的人会从自家抽屉里翻出当年的学校制服，没有制服的人则会去角色扮演专卖店购买。

“制服迪士尼”并不是最近才出现的。我上网搜索后发现，这个词第一次出现在媒体上是在《读卖新闻》2008年10月刊载的一篇文章里（东洋经济数字版2017年7月8日，《她们为什么穿着制服去迪士尼》，铃木朋子）。

看来这是一项有传统的活动。

我在吸烟区看到的这位女性正是参与“制服迪士尼”的一员。

我反应过来后，佯装检查吸烟区周边环境的样子，随即掉转脚跟，走出了大门。那位穿着制服的女性全程一副事不关己的样子。

不过这种情况真的很难判断*。如果她再年轻一点，我可能都不会联想到“制服迪士尼”的事情，而会照章处罚。

* **很难判断**：尽管我知道作为演职人员有些过分，但我曾经有一次为了确认宾客的实际年龄，让对方出示了驾照。

某月某日

冷门角色：

无人问津的悲哀

园区内的角色大致分为两种："套头娃娃系列"和"真人肉身系列"。

这是我随随便便说的，按照迪士尼的规定，"套头娃娃系列"这个说法是被绝对禁止的。工作人员内部从上到下都会彻底贯彻这一点，在园区里不准这样说，连用这个词开玩笑的人都没有。

和我一起去国外研修*的同伴里就有人负责扮演卡通角

---

* **国外研修**：成为演职人员的第四年，我参加了公司举办的国外研修活动（演职人员的快乐旅行）。公司每年都会招募想参加的人，那一年我运气很好，被选上了。公司不光会承担交通费，每天还有少量补贴。我当时所在的研修团共有三十七人。研修的目的地是美国阿纳海姆的迪士尼乐园。那里清洁人员的工作状态悠然闲适，镇定自若。演职人员们阳光开朗，很有服务精神，他们会主动为宾客们带去欢乐，给我留下了很深的印象。

色*。他本人不会谈论这个工作，其他同事也不能谈论，当时我们的研修小组内充满了不准问的气氛。

具体来说，“套头娃娃系列”里的角色有米奇、米妮、布鲁托、唐老鸭，还有奇奇与蒂蒂等。“真人肉身系列”则包括白雪公主、彼得·潘、爱丽丝、乐佩公主、贝尔公主等等。

我虽然是迪士尼的演职人员，但并不熟悉里面的角色。说出来不怕别人笑话，我甚至分不清布鲁托和高飞。《巴斯光年》《怪兽电力公司》《玩具总动员》等迪士尼电影里的人物角色我也几乎叫不上名字。不知道也并没有什么不便，我也就没去主动记住他们。

很多“套头娃娃系列”和“真人肉身系列”的角色都是从幻想世界里的“幽灵公馆”旁边的木门出来，走到台前区域。

宾客们看到自己喜欢的角色出来时，就会蜂拥而至。有时，这个木门前还会有临时的签名会。

在附近做清洁工作的我看着眼前的光景，心里想：

“大家拼命地想要真人扮演的角色的签名，这不是找模仿向乡裕美、松田圣子的演员要签名是一回事吗？”

也许这就是所谓的冷眼旁观。

---

* **扮演卡通角色**：几年前迪士尼发布的角色扮演人员招募信息在申请资格中规定，身高必须在138 ~ 152厘米，或170厘米以上。按照角色的体量大小分成了两种类型的招募。角色扮演人员一定想把自己的经历分享给别人，要彻头彻尾地保密很不容易。要是我的话……肯定憋不住。

仔细观察一段时间就会发现，除了大家围着要签名以至于寸步难行的人气角色之外，还有无人问津的冷门角色*。

人气角色被粉丝围绕，和他们一起拍照，给他们签名。冷门角色只能怅然若失地站在一旁观望。

可能是因为无法忍受这样的境遇吧，有一些冷门角色会选择主动接近宾客。完全不在关心范围之内的角色主动靠近自己时，宾客们都一脸茫然。

不论是在哪个世界，不受欢迎都是一件让人伤心的事情。

看着这样的光景，我禁不住担心那些扮演冷门角色的员工的工作动力。

---

* **冷门角色**：在真人肉身系列的角色中，根据我的观察，电影《钟楼怪人》的女主角爱丝梅拉达就不怎么受人关注。应该是电影知名度太低的原因，但还是会觉得她有点可怜。

某月某日

心存疑问的事情：

SCSE落到实处了吗？

与迪士尼相关的大部分商业类图书里都会介绍“SCSE”。以此为脉络写一本书可能比较容易。

· SAFETY（安全）

· COURTESY（礼仪）

· SHOW（表演）

· EFFICIENCY（效率）

这四个单词取首字母，便是“SCSE”，即东京迪士尼度假区的行为准则。演职人员需要在入职培训期间反复学习。

这四条行为准则是按照优先级顺序排列的。

也就是说，“SAFETY”（安全）在四个里面优先级最高。

理论上，如果演职人员按照这四条行为准则的优先级顺序采取行动，那不论发生怎样的情况都能够合理应对*。

在现实中，不论是开园时大声提醒宾客不要奔跑，还是巡游表演时提醒站在高处的宾客注意安全，台前区域的演职人员们都如条件反射般在工作中率先考虑“SCSE”准则。

但是也有让人费解的事。比如说，减少救护室的决定。

我当上演职人员的时候，东京迪士尼乐园里有四处救护室。除了“探险乐园”里的中央救护室**，在“幻想世界”“西部乐园”“明日世界”的后台区域也各配置了一处救护室。我经常带客人去“幻想世界”的那处。

那里有两张病床，并且有医护人员常驻，可以进行紧急处理，或者在病床上休息（不做治疗）。

“感觉不舒服，想吐”“鞋把脚磨得太痛了，走不动了”“头痛，发烧”，我把有上述症状的宾客带到这里，医护人员会耐心对待他们。

然而，现在园区内仅剩“探险乐园”里的中央救护室一处。

稍做调查后我才得知，截至2015年年底还是四处救护室，到2017年6月的时候就只剩下一处了。一年半的时间里。其余

---

* **合理应对**：东日本大地震的时候，东京迪士尼海洋乐园的演职人员将迪士尼小熊代替防灾头巾发放给宾客。这也是按照“SCSE”的规定，安全优先的行为，事后受到了称赞。

** **中央救护室**：位于“世界市集”附近的“加勒比海盗”项目旁。

三处都没了*。

为什么原本有四处医护室，现在缩减到仅有一处了呢？

是因为使用的人太少，还是因为找不到医护人员呢？我并不知道其中原委。

但是退一万步讲，我希望至少能保留下“幻想世界”里的救护室。因为这个地方离中央救护室很远，宾客却很集中。

大幅缩减救护室难道不违反“SAFETY”（安全）至上的行为准则吗？

这个例子难道不是追求经营上的“EFFICIENCY”（效率）而导致的结果吗？虽然我很不愿意这样想……

---

* **其余三处都没了**：“针对希望日常照料的客人所开设的空间（中央救护室以外）于2019年3月31日关闭。”在东京迪士尼度假区的官网上如此记载。

某月某日

恍如隔世的入园：

紧急事态宣言的影响

2020年春，新型冠状病毒的疫情蔓延至东京迪士尼乐园。这是迄今为止任何人都没经历过的异常状况。

自2018年辞职后，我就再也没有去过迪士尼。

疫情暴发后，我想亲眼看看园区内的情况。于是三年半后，我决定再次入园。这一去，恍如隔世。

首先，买门票就花了很大精力。

当时是2021年8月，还处在紧急事态期间，东京迪士尼乐园采取了限制入园人数的对策。

每周三下午两点开始售卖一个月之后的一周内的门票，先买先得。

尽管我预想到购票网站会拥堵，掐好时间登录网站，但网页还是怎么都打不开，尝试了好几次都以失败告终。刷新了多次之后，屏幕上出现了“售罄”的提示。这种状况重复了好几次，我终于在第三周成功买到了门票。

由于是非常时期，园区的开放时间为早十点到晚七点。和冬天淡季的最短开园时间一样，开放时长为九个小时*。

去园区的前一天，我就像是要去春游的小学生一样精神亢奋。东京迪士尼真是不论在什么时候都能让人心情雀跃。

我留出足够的时间，九点就出门了。

走到熟悉的武藏野线西船桥站站台，乘车的人比我想的要多。不一会儿，列车满载乘客出发了。

走出舞滨站的检票口，这里已经聚集起不少人。从车站到园区的一路上都排着队，在主入口前很多人在等待开园。

眼前的人流量和我工作的时候并没有什么差别，我甚至怀疑是不是真的有人数限制。最有可能的还是因为开放时间缩短，所以每个人都想园区一开就进去**吧。

十点整园区开放后，我走到新区域里建成不久的“美女与野兽之城堡奇缘”，试着在手机上办理入场抽选，但没成功。

部分游乐项目或表演需要进入园区后，在东京迪士尼度假

---

* **开放时长为九个小时**：正常时期的最长开园时间为早八点到晚十点，共十四小时。最短和最长之间的差距是五个小时，但是门票价钱不变。我这个人比较抠门，总不自觉地按照价格/开放时间来计算每个小时的开销。

** **园区一开就进去**：进入园区前的安全检查比以前更加严格了，宾客要通过机场安检那样的金属探测装置。我工作的时候还没有这个，这次亲身感受到了更严格的安保措施。

区的应用软件上进行抽选，选中才能入场或者观看。对不习惯用手机的人来说有些困难。

我前往“大街服务所”，请演职人员帮我填抽选申请。这一次我幸运地抽中了*。

不知道是不是为了预防感染，没有导览图也没有“今日活动一览”**，园区内的信息公布栏也被遮住暂停使用。一切都很不方便。我后来去了“加勒比海盗”“蒸汽船马克·吐温号”“米奇幻想曲”，这些都是开园两小时后的中午才开始运行的。

暂停运行的游乐项目只有“丛林巡航”和“顽童汤姆之岛巨木筏”，不过大部分的餐厅和商店都关门了。

平时要排几小时的“巨雷山”此时只需要等十分钟，也许对喜欢玩游乐项目的宾客而言，现在是最好的时候。但很多商店和餐厅关门，巡游和表演也中止了，园区内宾客稀少***，平日园区内满满的活力消失了。现在的迪士尼，在我看来是不完整的。

来之前，我只发邮件告诉了一起工作过的同事香川。

---

* **幸运地抽中了**：好像有很多人落选，抽中结果出来后，演职人员高兴极了，仿佛自己中奖了似的。不愧是演职人员，能够站在宾客的立场上，热情地回应。

** **“今日活动一览”**：印有巡游和表演时间表，以及商品、餐饮信息的手册。

*** **宾客稀少**：每天入园限五千人。不过我从前同事那里听说，所有售出的门票都是有效的，所以实际上每天有八千人左右。哪怕这样，我做演职人员的八年里，到访人数低于一万人的只有台风天等特殊日子。

我和香川大概有五年的时间都在同一个区域工作。他这个人个性洒脱，我和他很合得来，辞去迪士尼的工作后，我和他偶尔会邮件联系。

到了他现在负责的区域后，我很快就找到了他。

“好久不见。你有几个月没来了？”

“辞职后这是头一回。算下来大概有三年半吧。”

香川告诉我，他已经完成了公司组织的第二次疫苗接种。

我很想跟他好好叙叙旧，但此刻不能打扰他的工作*。我对他说：“等疫情结束，我们找机会再聚。”随即离开了。

虽然我只提前联系了香川，但很巧的是，我在“西部乐园”碰见了正往后台走的前同事佐竹。

“佐竹！”

我站在他身后大声喊了一声。佐竹回过头，脸上写满惊讶，朝我走了过来。

“你怎么在这里？！”

佐竹刚来这里工作的时候被分配到我负责的区域，我一直很关照他。

他刚来的时候摸不着头绪，总是站在那里一副茫然无措的

---

* **打扰他的工作**：如果被SV看到他长时间站着聊天的话，他会有麻烦。

样子，现在已经俨然有了老将之姿。

“因为疫情，现在我的出勤天数减少到一周只有两三次。”

之前他一直是一周上五天班，但从去年开始出勤天数被迫缩减。对拿着时薪打零工的演职人员来说，摆在他们面前的是严峻的现实。

我简短地问候他近况如何，道别时邀他“下次一起喝一杯”。

怎想到明明是我把他叫住，在分别时佐竹却对我说：“感谢您抽出时间。”他毕恭毕敬道谢的样子显得格外客气，让我感觉自己完全成了局外人。

时隔三年半来迪士尼乐园，园内除了新开设的区域和游乐项目之外没有太大变化。我东看看西看看，在里面一直待到傍晚，身心都感觉很疲惫。

还是演职人员的时候，我从早到晚都走在园区里打扫卫生，现在只是逛一逛就累得筋疲力尽……看来体力确实是不如从前。

下午五点左右，天空下起了雨。虽然距离闭园还有些时间，但我还是提前离开了。

到舞滨站的时候，武藏野线的列车刚好开走，我只好在站台等了将近二十分钟。这一点倒是和之前一模一样。

第四章

“梦想国度”的真实景色

某月某日

休息室的人类观察：

演职人员的工种特点

工作人员的专属休息室分布在后台区域的各处。不同的休息区略有不同，但基本上都配有冷水机、自动贩卖机（出售面包、方便面、清凉饮料、零食）和吸烟区，附近还有厕所。有的后台区域里还有食堂，但没有休息区多。

在员工食堂里可以看到穿着各种制服的演职人员，有几个扮演卡通人物的外国男女工作人员总是穿着随意的便服，结伴来吃饭。

在这里演职人员可以度过小憩时间（二十分钟）或午餐时间（四十分钟）。

我常去的休息区在“动物天地”里面，一出员工专用通道口就是。游乐项目“飞溅山”和“海狸兄弟的独木舟历险”里的演职人员，还有“洛克蒂浣熊吧”的餐饮服务人员也常去这里。

在休息区域，可以观察到不同工种演职人员的不同特点。

首先，负责游乐项目的演职人员大多很年轻。

不知是不是因为他们在工作中经常团队合作接待宾客，负责游乐项目的演职人员都很有朝气，男性和女性之间看起来也十分融洽。

特别是独木舟历险项目的工作人员，个个皮肤黝黑，体形健硕。

因为他们需要自己划独木舟，所以和其他项目比起来，他们的工作最需要体力。

我曾经问过负责独木舟探险、有着饱满肱二头肌的西堀。

“西堀你身材这么好，来这里工作前有特意练吗？”

“没有，完全没有。”

“但你现在全身都是肌肉啊！”

“我真的什么也没做。在这里工作了三年，不知不觉就这样了。”

“分配岗位的时候有问你的意向或者做体力测试吗？”

“没有什么特别的流程。我一开始来这个岗位是因为机缘巧合。和擅不擅长没关系，人到了只能拼一把的时候总能做到。”

可能真的是他说的那样。

负责独木舟探险的演职人员里也有几位是女性*，她们和西堀一样，都有着粗壮有力的双臂。大概她们的身体在这份工作中发生了必然的“进化”。

与之不同的是，负责餐饮服务的团队主要由女性组成。

有一次我看到四位年龄在四十岁至六十岁之间的女性坐在一起聊天，从身上的制服可以看出她们是餐饮服务的演职人员。

“最近新来的前田，我教了她好几回工作流程，她还是会搞错。真是个拖油瓶，还不如不要她。”

“就是。同样的事情她问了好几遍。麻烦死了。她可倒好，别人教她的时候完全不记笔记。那副样子能记住才怪。”

“山本是教育专员吧。可是他只看前田长得可爱，连提醒一下都不会。费力费神的事情全堆在我这里。想起来就生气。”

这就是“梦想国度”背后的真实。可能对这几位来说，她们是在利用休息时间解压。我在一旁听着，心里委实不是滋味。

我坐在那几位女性演职人员旁边，一个人安安静静地吃着三明治，心里想着也许有人也在背后如此辛辣地谈论我，顿时

---

* **有几位是女性**：我刚进公司的时候，独木舟探险的演职人员几乎都是男性。因为这是体力活，男性多很正常。然而，后来这个岗位上的女性渐渐多起来。她们的工作能力丝毫不逊于男性。在这样的岗位上，也出现了吃苦耐劳、认真负责的女性。

感到背后一阵发凉。

“幻想世界”的“吟游诗人”的后台区域里也有休息区。

休息区在建筑物的三楼，一楼是游客控制中心的演职人员（简称“游控”）的办公室，因此这个休息区是游控的聚集地。

游控的主要工作是在表演和巡游时做介绍和引导。

我个人的感觉是，可能因为每天要面对来自宾客花样百出的问题，工作中也经常要拜托别的演职人员帮忙，所以这个岗位上员工大多数抗压能力很强，说不好听点是比较粗鲁。其中大多数是晒得黢黑，并且有吸烟习惯的女性。她们在跟宾客做介绍和引导时要表现得活力四射，所以人人声音洪亮，休息区总是一副沸沸嚷嚷的景象。

“今天你看见了吗？有个大妈穿得花枝招展的，在巡游路线死占着位置不放。我请她退回安全线内，她却跟我说：‘小姑娘，稍微出来点没关系的啦。别那么凶嘛。’所以说我真是讨厌关西人！”

“我跟一位客人说，麻烦您稍微挪一下婴儿车好吗，结果人家说，你来挪吧。我又不是用人。”

每天直接和宾客接触的游控们，在休息室里聊天时总是少不了对宾客的吐槽。

跟这些岗位比起来，我们清洁人员多数是不起眼的老实人，在休息区也不会大声说话，大家都很有礼貌。

从这个方面来看，大概我这个人的性格本身就适合当迪士尼的清洁人员。

某月某日

君子不近危：

人各有好

既然演职人员千人有千面，宾客也可以说是百人有百姓*。

在万圣节时期，园区里到处都是全身装扮的宾客。

或许女性换装的意愿更加强烈，她们的装扮千变万化，气势完全碾压男性宾客。听说有的客人甚至会花一年的时间来制作连衣裙，只为在万圣节这一天穿。园区里随处可见拍照纪念的人。

打扮成爱丽丝的人最多。有些小孩子的造型还原度很高，但也有宾客的装扮让人看了摸不着头脑。不过，管他像还是不像，最重要的是享受此时此刻。

有的宾客为了看巡游，提前几小时就在巡游路线经过的地方坐着等待。

---

* **宾客也可以说是百人有百姓**：我曾经看到一位大概是教徒的宾客在台前区域的角落铺上地毯，然后跪在上面埋头祷告的场景。他一定是面朝麦加所在的方向吧。那番景象让我深深感受到宗教信仰的强大力量。

巡游开始前大概一小时，宾客们可以在途经处的地面上铺上垫子坐着等。之后人会越来越多，所以也可以理解宾客想要早点占好位置的心情。

但是如果提前四个小时占位就不一样了，那个时间段台前区域还有很多宾客在走动。有时候在来来往往的人群中，会突然出现一位客人端坐在地上，只为了提前占好巡游观赏位置。

这样的宾客有男有女，通常是一两个人，行李上显眼地别着特别多的玩偶或徽章。

我心里想，何必那么早就在那儿蹲点，有多余的时间大可以去玩其他游乐项目。我总是替别人瞎操心。

不过，也许那些人选择坐在某个地方，是因为那个位置对他而言是最佳观赏点吧。从提前四小时占位的行动中，我感受到了他们“一定要在这个地方看巡游”的决心。

也有宾客脖子上挂着单反相机，总在全神贯注地瞅准时机按下快门。他们一心想着尽快飞奔到下一处取景地，刚拍完这处，马上冲到下一处*。这样的行为很危险，自己容易摔倒，也可能会冲撞到其他宾客。所以我会提前绕到他们会展开冲刺的区域附近，提醒他们“不要奔跑”。

收效和每天开园时的注意提醒差不多，几乎没有宾客会听

* **马上冲到下一处**：就像有素质很差的铁道摄影迷，也有素质很差的迪士尼摄影迷。他们拍照太投入以至于不顾周围的情况。

我们演职人员的口头提醒。

有一位女性宾客每天都来“探险乐园”观看奥尔良剧场上演的米妮主题的舞台表演“Minnie Oh! Minnie”。这位宾客年纪大概五十来岁，总是撑着一把阳伞。

她经常来园区，在演职人员中也小有名气。大家称呼她为“米妮阿姨”。

当然，迪士尼有很多频繁来访的狂热粉丝*，所以光是入园次数多不足为奇。然而这位“米妮阿姨”不一样，她只要看到清洁人员就不由分说地大声呵斥：“别添乱，一边去！”

有次吃午饭的时候，同事木下跟我说：

“今天早上九点多米妮阿姨就来了，直到中午都在同一个地方站着。今天气温很高，她一定很辛苦吧。”

“是呢。今天米妮阿姨只是静静地在一旁看表演吗？”

“不，我从她附近经过的时候，她嘟囔着让我走开。”

木下一脸愁容地说。

“她没骂你碍事就已经很好了。”

---

* **频繁来访的狂热粉丝**：美国的一对老夫妇理查德和瑞秋每年来两次日本，每次都在舞滨的酒店住一个月，就为了来迪士尼乐园玩。后来电视节目介绍了他们的故事，两人出名了。在台前区域见到夫妇二人的时候，他们总会热情地给出一个拥抱。每次他们都会送给演职人员自己设计的不一样的胸针。虽然原则上演职人员不能收宾客的礼物，但默认这对夫妻例外，我有他们送的五款胸针。

“哈哈哈。我又不是狗。别看我这样，我也是会难过的。”

宾客们是因为喜欢迪士尼，想寻找快乐才来到这里的，但他们却把演职人员当成眼中钉*。真是让人难以理解。

自己真被这样对待的话，肯定会郁闷一整天。古人云，“君子不近危”。对米妮阿姨，我是能不靠近绝不靠近。

演职人员的工作中也有很多开心的回忆。我刚来这里没多久的时候，有次在“灰姑娘城堡”的台前区域，一位四十岁上下的男性过来跟我说话。他带着小学生年纪的一个男孩和一个女孩。

“我们打算去看即将开始的巡游表演，请问有没有比较好的观景位置？”

“这附近离巡游表演的队伍虽然有一点距离，但四周没有遮挡，能看得很清楚。”

我把自己在平时工作中发现的秘密场所告诉他们，地点位于“灰姑娘城堡”后面的“明日世界”附近。

巡游表演结束后没多久，我正在打扫负责的区域，刚才那

* **把演职人员当成眼中钉**：巡游开始之前，园区广播会提醒宾客不要站在餐厅“虎克船长的厨房”前的路牙子上。但是有位大叔一定会站在上面看巡游表演。这个人也是园区的常客，很多演职人员都知道他。每次提醒他不要站上去，他一定会投诉“为什么不行？！”于是，“大叔站上马路牙子；演职人员提醒；大叔投诉”形成了一个固定套路。

家人过来找到我。

“我们在刚才您说的地方观看了巡游表演，那里真是最佳位置。我们想找到您，当面跟您道谢。谢谢您！”

这份工作的乐趣之一，便是切身感受到自己为宾客带来了欢乐时光。

某月某日

爆买：

演职人员商店不为人知的打开方式

服装楼里除了有便利店外，还有面向演职人员的商店。

这个商店以便宜的价格向演职人员售卖活动结束后剩下的商品，快要过期的零食，等等。不同的商品享受的折扣幅度不同，有的是七到八折，临期零食的话，折扣会低到一折。对喜欢迪士尼的人来说，这里宛如天国。

店铺位于服装楼出入口旁边，是人人都会经过的绝佳位置。我经常进去看最近有什么东西。

这里很适合给我年纪还小的四个孙子*选礼物。

除此之外，过去我做啤酒销售的时候，有几家餐饮店曾对我十分关照。迪士尼的商品和零食也很适合当伴手礼，当我再去的时候送给店里的人**。

---

* **四个孙子**：四个孙子中小的在上托儿所，其他的在上小学低年级。我会在演职人员商店里买礼物送给他们，美其名曰“爷爷的礼物”，正在努力累积数量中。

** **送给店里的人**：有一些给店员吃，有一些送给店主的孩子。我会提前跟店主打听他们孩子的年龄和性别，作为选礼物时的参考。

在麒麟啤酒辞职五年前，我负责了一段时间东京港区田町的销售业务。销售岗位我做的时间不长，但也许冥冥之中我很适合做这个岗位，我努力工作，也很有成就感。在我负责的片区内，有几家餐饮店似乎感受到了我的工作热情，他们把店里提供的生啤从别的厂家换成了麒麟啤酒。

对啤酒公司的销售人员而言，能够让餐饮店的老板换掉别的厂家，而改用自己公司的产品，这是最有成就感的事情。我很感激老天爷看到了我的努力。

我必须牢记这份恩情。从麒麟啤酒辞职之后，每每有聚餐*，我都主动报名做组织活动的干事，这样就能去田町的餐饮店吃饭。店里的人收到迪士尼的伴手礼都很开心，所以我每次去吃的时候都会带上。

我的演职人员工作也是店里的一个话题，所以我会主动与他们分享。

有一位老板娘小声地问过我。

“天气热的时候肯定很辛苦吧？”

“嗯，汗都不见停的。不是一般的辛苦。”

“也不能擦汗。小孩子还会把你们拽来拽去的吧？”

“这倒没有。大家都很遵守礼仪。”

---

* **聚餐**：考虑到演职人员的收入状况不一，同事聚会默认定在每月25日发工资之后，预算在三千日元以内。因为“没钱”而缺席的情况并不少见。

“头套在里面，会很臭吧？”

“……？”

原来老板娘误以为我是穿套头娃娃*的演职人员。

复活节、万圣节、圣诞节等节日活动结束后，许多卖剩下的商品都会来到服装楼的商店货架上，这时候店里和园区一样，都是人满为患。

商店早上九点半开门，但八点左右，门口就排起了浩浩荡荡的长队**。这时候演职人员还没开始上岗。

有一次，我在队伍里看到了同事山根。他是准社员，三十来岁。

“这么多人你还排队啊。”

我对他说。

“这不是复活节的活动刚结束，我想买点东西来送邻居和朋友。活动刚结束的时候是最佳购买时机。”

山根笑着说。

---

* **穿套头娃娃**：“你有没有钻进米老鼠里面看过？”我还被问过这样的问题。所有的角色人物都受到公司的严格管理，我们准社员别说钻进角色的衣服里面了，就连扮演角色的演职人员用的休息室都没有见到过。

** **排起了浩浩荡荡的长队**：店员拿着“队尾”的标识牌站在队伍最后，进店处也站着演职人员，以控制入场人数。但就算这样，店内收银处也会排起长队，几乎和园区内一样拥挤。

便宜的价格会迅速点燃人们的购买欲望。开店的一瞬间，商品飞速卖出。商店的演职人员刚从仓库拿来商品补充到货架上，大家就争先恐后地抢买。这场景简直像是过年时的福袋争夺大战。想想接下来还要面对一天的工作，大家的精力真是令我佩服。

山根的“爆买”斗志也在熊熊燃烧。

虽然他本人说是买来送给邻居和朋友，但真是这么一回事吗？从他非同小可的热情和经常购买的数量来看，我怀疑他有可能把买来的东西挂在网上卖。

尽管园区禁止我们倒卖商品，但偶尔也会见到有人大量购买。

山根买了店里的大号购物袋，两手提着满满当当的货物，脸上露出难以言喻的成就感和满足感。

某月某日

离开的人儿：

很多次的相聚与离别

有本关于迪士尼的书*里写道：园区大约有一万八千名演职人员，其中将近一半都会在一年之内离开。也许一半这个说法有夸张之嫌，但工作人员的更换频率的确非常高。

演职人员分为一周上五天班的“专业演职人员”和只在周六日上班的“周末演职人员”。所有的周末演职人员都是非正式雇用的零时工或兼职员工。

周末演职人员的主要从业群体是大学生，另外还有专门学校的学生、高中生和家庭主妇等。同事间称呼他们为“周末儿”**。打工的学生有的来自我老家的千叶大学，还有的来自东京大学、法政大学、日本大学、明治学院大学、文教大学等学校。

---

* **有本关于迪士尼的书**：《迪士尼的教育：零工占90%也能培养出最优秀的人才》，福岛文二郎著，中经出版。

** **“周末儿”**：我当上演职人员后，有一段时间是周三和周四休息，因此和很多周末出勤的大学生一起工作过。我们聊工作和未来的话题，和年轻人一起工作让我感到十分快乐。后来，我改成了周末休息，和“周末儿”共事的机会就很少了。

这些大学生会在临毕业的时候辞掉这份工作。

来自法政大学的学生内野和我在同一天进入公司，之后又被分配到和我一个区域工作。他上班的第一天跑过来问我：“名牌这么戴可以吗？”后来我们关系变得很好。内野性格松弛，为人率真可爱，身边的同事都很喜欢他。

后来我调到周末休息，和“周末儿”内野很少见面了，但每次在春假、暑假还有节假日的时候*见到他，我们都相谈甚欢。

内野骨子里是个闲适的人。见他开始求职的时间比别的同学要晚，我会给他加油打气。

几个月后，我收到内野发来的消息，说自己被某家连锁酒店录用了。

那天下班后，我和他一起去了伊克斯皮儿莉购物中心的咖啡店，请他喝了咖啡，吃了蛋糕，庆祝他成功找到工作。

我打心底高兴极了，仿佛找到工作的是我自己一样。我跟内野说“祝贺你，真是太好了啊”，他没说什么，有点害羞地笑了。是我认识的那个他。

每周上五天班的准社员滨田为人认真，正义感很强，笑容很有感染力。滨田的领导气质和他的年龄无关。前文提到的同

---

* **春假、暑假还有节假日的时候**：春假、暑假、年底、年初等繁忙的日子，“周末儿”们原则上也会有排班。

事小泉，就曾被滨田提示过。

他还担任过迪士尼的学院领队*，工作态度堪称同事中的典范。

滨田特别喜欢迪士尼，他经常说起自己“想去美国迪士尼工作”的愿望。可惜的是，从东方乐园的准社员到美国迪士尼公司之间没有转岗的路径。

对于一直做本质上是零工的准社员，他好像感到没什么安全感。爱操心的我跟他分享了我在企业工作的经历，告诉他当正式社员的重要性。

后来，滨田开始找工作，最终被一家主流房地产公司录用。

他和内野一样，拿到录用通知高兴得不得了，并迅速跑来告诉我。当天工作结束后，我们一起去了新浦安车站附近的咖啡店。

“多亏了您的帮忙，我被录用为正式社员了。”

滨田如此说着，他比内野更熟悉处世之道。

“这份工作可能非常适合你呢。刚开始你可能会觉得很辛苦，很难马上知道这份工作到底适不适合你，所以一定要咬紧牙关忍一忍。”

---

* **迪士尼的学院领队**：“迪士尼学院项目”的研修项目的讲师，这个项目的特点是由园区内兼职的演职人员担任项目讲师，教授相关知识。讲师每年招募一次，每次二十名左右。由于学院项目的讲师相当于演职人员的模范，所以有很多人报名，选中率很低。

我还是上班族的那个年代，工作基本上都很辛苦，当时我的想法是只要偶尔能在工作中感受到成就感就够了。某位前辈曾经对我说：“你拿的薪酬里还包含忍耐费。”

快乐地工作，这是理想，但很少有人能遇到这样的工作。既然如此，重要的是我们能够从自己正在做的工作中发现多少快乐，能否获得成就感。要想获得成就感，就必须认真地对待工作。不论在迪士尼乐园，还是在其他地方工作，都应该这样。我在咖啡店把这些感悟告诉了滨田。

女同事荒木刚从千叶大学毕业，给人的印象很好。

她的老家在山形县酒田市，喜欢喝酒。我和她之间的话题离不开葡萄酒、啤酒和日本酒。

我心里念叨着千叶大学的毕业生却在这里做临时工，真是太不值当，好几次瞎操心地建议她去找正式工作。荒木说，她不知道有什么工作自己愿意做一辈子。

当初我在求职的时候，也没有一辈子都想从事那份工作的想法，只是正好找到了而已，但我在其中发现了意义和趣味。我跟她分享了自己的一些心得体会。

内野和滨田很快就告诉我自己找到了工作，但荒木不一样，她连招呼都没打就从这里辞职了。

她后来的情况我不得而知。

其实有很多人像她这样不辞而别。

我和许多同事一起工作过，也经历过许多同事的离开。

那些同事的新工作，光是我知道的就包括很多行业：外国汽车的销售商、手机店、照护机构、酒店的前台、房地产公司等等。

也有人重新回到这里做演职人员。这是份临时工，收入绝非丰厚，但能够给他人带去快乐。也许这份工作能够驱散过去的痛苦回忆，能够疗愈伤痕累累的心灵。

不知那些已经在公司筑巢的我的前同事，现在过着怎样的人生呢？

某月某日

魔法粉末的使用方法：

女宾客的最终目的

在台前区域，一位中年女宾客叫住我。

“不好意思，我在那边撒了一地爆米花。”

“没关系，我马上去打扫。”

我马上和她一起到了她说的地方，地面上的确散落着很多爆米花。

等我开始打扫后，那位女士一直站在旁边看着我工作。

大部分客人都是把有垃圾的地方告诉我们并对我们表示感谢之后就离开了。不过也有少数人可能出于内疚，继续看着我们打扫。

我对这位女士说：“没关系的，后面交给我来就好。”她有些迟疑地点了点头，仍站在原地看着。

难道她是想等我打扫结束后跟我说感谢的话吗？这么认真的女性真是少见，我开始对她心生好感。

大概三分钟后，我把地上的爆米花全部打扫干净，然后朝她笑了笑，示意她清洁工作结束了。

忽然，我从她口中听到了完全出乎意料的话。

“能请您帮我补一点爆米花吗……”

在园区里，爆米花桶要是掉地上的话，的确可以免费补充。

演职人员随身携带着一种叫作“pixie dust-妖精粉末”的道具（一张纸片），上面画着小叮当奇妙仙子的插图。据说它的用途就是从小叮当的魔法引申而来，意思是“一点小礼物”。

演职人员在“妖精粉末”的纸片上写下要复原的内容，然后交给宾客。比方说，宾客不小心撒了很多爆米花，演职人员又没办法暂时离开现场，这时候就会在“妖精粉末”的纸片上写“焦糖味爆米花，满桶复原”，然后递给宾客。宾客拿着这张纸去售卖爆米花的推车，就可以享受“复原服务”*。

眼前这位女宾客，一定享受过复原服务。

我佩服她考虑得如此周全。原来她等这么久只是为了重新续爆米花**。

如果“妖精粉末”能让不开心的小孩子振作起来，我心甘情愿有多少撒多少。

但如果对方主动来索要，我反而不想给。我的性格真是拧巴啊。

---

* **复原服务**：此服务还适用于冰激凌不小心掉地上了，气球从手里飞走了等情况。

** **只是为了重新续爆米花**：也有很多宾客和这位女士相反，就算我提议为他们续上爆米花，他们也会说是自己的失误而推辞。

某月某日

闲人：

“请给我一枚生日贴纸”

“您好，请问能给我一枚生日贴纸*吗？”

我在“加勒比海盗”附近打扫卫生的时候，两个高中生模样的女孩子有点不好意思地向我询问。

“生日快乐！请问您叫什么名字？”

“我叫江口美保。”

我从腰间的小包里拿出备好的生日贴纸，写上她的名字后递给这个女孩。园区内的演职人员看到她贴着贴纸后，都会主动为她送上生日祝福**。

---

* **生日贴纸**：由于贴纸比较容易掉，所以领几次都可以。另外还有一种“首秀贴纸”，名气与生日贴纸相比稍逊。“首秀贴纸”是发给第一次来园区的儿童的，上面写着入园的日期和儿童姓名。“首秀贴纸”和“生日贴纸”都可以从大街服务所和演职人员那里领取。我去海外研修的时候，在加利福尼亚的迪士尼乐园收到过生日徽章，果然正宗的要更豪华一点。

** **送上生日祝福**：有时候我和宾客擦身而过后才反应过来对方身上贴着生日贴纸，但已经来不及向对方说祝福语了。每当这种情况发生，我都会在心里说“完蛋了”，但又不能追过去补上一句。可谓机不可失，时不再来。

“谢谢您！”

女孩和身边的朋友四目相对，开心地笑了。这一瞬间，做着平凡无奇的清洁工作的我因为和宾客的接触而感到幸福。

在东京迪士尼乐园，当天过生日的宾客只要向演职人员提出要求，就可以领取生日贴纸。

由于清洁人员总是待在台前区域，所以经常会碰到宾客管我们要生日贴纸*。因此，我们开始一天的工作前，一定会随身携带至少十张生日贴纸。

今天从早上开始已经有好几个人问我要生日贴纸，刚才给那位女孩的是我带的最后一张。

这时候我看见同事石桥也在台前区域。

“我带的生日贴纸用完了。你能分我一点吗？”我问石桥。演职人员之间经常这样互相帮忙补充生日贴纸。

“你的已经发光了啊。笠原你生意不错嘛。”

性格开朗的石桥笑着跟我开玩笑。他分了一些贴纸给我。

在宾客看来，演职人员又分好拿生日贴纸的人（好跟对方开口的人）和不好拿贴纸的人（不好跟对方开口的人），所以不同的演职人员发贴纸的量也不一样。

---

* **管我们要生日贴纸**：在这里顺便一提，“生日”是由宾客自行申报的，所以就算当天不是真的生日也没关系。贴纸可以领不止一张，多拿几张也可以。

网上流传的迪士尼游玩攻略上这样写着：

“如果在园区内想跟演职人员说话，请找那些看起来比较闲的人，不要找那些看起来很忙的人。”

今天早上这么多宾客来问我，莫非是因为我看起来很闲？我得重新收收心。

要说谁发贴纸发得快，必须是同为清洁人员的土屋。

土屋五十多岁，在迪士尼作为准社员工作已有十五年，是老前辈。除了这里的工作之外，他还在一个牛肉盖饭餐厅做另一份兼职。

每天早上，土屋都会戴着西部牛仔帽来上班。当然，虽然戴着牛仔帽来，但到台前区域干活之前还是会换成清洁人员统一的制服。尽管牛仔帽只是为了满足自己，但他坚持说：“这才是我的制服。”真是一位有意思的大叔。

土屋会在生日贴纸上画上公主的画像，再送给宾客。他的手绘很厉害*，宾客们领到他的贴纸后都高兴得两眼发光。

认识土屋的宾客都想要他亲笔画的生日贴纸，所以我猜他每次都要准备好几十张才行。

---

* **手绘很厉害**：土屋是五十多岁的大叔，从他的外表完全想象不出他擅长手绘公主像，真是人不可貌相。土屋的手绘在宾客间也小有名气。我在台前区域多次碰见宾客问：“今天土屋先生来了吗？”让宾客开心一定是土屋的工作动力之一。

有传闻说，园区后来禁止演职人员在生日贴纸上画画*。

禁止理由之一是演职人员的绘画能力参差不齐，导致插图水平有好有坏。不是所有人都像土屋那样擅长画画。如果演职人员画得一般，甚至拙劣，有可能会破坏角色的形象。

第二个理由是，公司认为画那么精致的插图很花时间，会影响到别的工作**。

就这样，现在的生日贴纸不再附带手绘图案了。

不仅宾客可以获得生日贴纸，演职人员生日当天也可以贴上贴纸***。

我进入公司的第四年正好迎来花甲之年。生日那天，我在生日贴纸上写下“一郎，六十岁”，然后贴在衣服上。刚到台前区域时，我心里还七上八下的，很不符合那个年纪该有的心态。

那天我负责“幻想世界”里“虎克船长的厨房”比萨店的卫生。露台区域摆放有很多桌椅，我小心翼翼地穿行在桌椅之间打扫着。

---

* **禁止演职人员在生日贴纸上画画**：我工作的那个时候，在贴纸上手绘还属于灰色地带，公司没有严令禁止，而是默许这种行为的存在。

** **会影响到别的工作**：土屋在休息时间里也一直在素描本上练习，不过都是在休息时间，我并不觉得会影响工作……

*** **贴上贴纸**：有的时候为了测试效果，演职人员也可以贴上贴纸。另外，如果我看到贴着生日贴纸的演职人员，就算彼此没有见过，我也会跟对方道一声生日祝贺。每个听到祝福的演职人员都很开心。

没过一会儿，我就听到一声“祝您生日快乐！”是一群十几岁的女性客人。

我头一次经历这种事情，完全找不着北，不知道该回什么，能做的就是努力地提起嘴角回应她们的笑脸。

之后我接连不断地收到生日祝福，逐渐适应了，变得能够自然地跟对方道一句感谢。那一整天总共有大约三十位宾客跟我说生日祝福*。

其中还有一群辣妹打扮的女高中生。要是换作在别的地方，她们绝对不会跟我这样一个陌生人说生日快乐，或许这也是“梦想国度”的魔法吧。

收到来自女高中生的跨世代的生日祝福，让我既羞赧，又感受到阵阵喜悦，心情很复杂。

这次经历让我更加希望自己能为更多的客人送去祝福。之后当我看到身上贴有生日贴纸的客人时，都能很自然地祝福他们。

---

* **宾客跟我说生日祝福**：那天我特别开心，回家后跟妻子分享了当天的经历。妻子听罢的回应是：“没想到有三十个人主动祝贺你。真了不起。他们肯定是看见六十岁的老头这么一把老骨头还在努力工作，出于同情才跟你说的吧。”

某月某日

集体狂欢：

我无法同感的“感谢日”

东方乐园集团一共有两万一千两百名员工，其中大概一万五千八百名演职人员都是准社员，占了总人数的百分之七十五*。

从这个数字来看，完全可以说是准社员在支撑着整个园区。

东方乐园公司为了鼓舞准社员们的工作热情，采取了各种各样的策略。

其中之一就是“感谢日”**。电视台报道过好几次“感谢日”活动，也许有读者已经有所了解。

---

* **百分之七十五**：2019年10月以后，公司引入了新的雇佣类别“主题公园运营员工”，部分准社员成为正社员。虽然准社员比例下降了百分之十，但依然保持着百分之七十五的高比例。

** **“感谢日”**：事前会预告活动地点、内容以及餐厅的特别菜单等等。预告张贴在服装楼里之后，会成为演职人员关注的焦点。

活动通常在淡季*的一月举行。

园区结束营业后，所有的游乐设施继续开放，餐厅推出特别菜单，价格低于平日的定价。

参加“感谢日”活动的是所有准社员，提供服务的是公司的正社员。这一天，就连东方乐园的社长也会穿着清洁人员的服装，为准社员提供服务，随时随地和演职人员合影。

很多演职人员都很期盼这一天的到来，大概有四分之三的准社员都会参加活动**。

但是我只参加过一次。

我之所以不参加，有以下几个原因。

第一，活动时间短（大约从晚上八点十五分到十点四十五分，共两个半小时），很快就结束了。

第二，从我下班到“感谢日”活动开始的间隔时间很长。

因为我出的是早班，虽然下班时间每天略微不同，但大致是下午四点，所以我下班后必须一直等到八点多，才能参加“感谢日”的活动。迪士尼乐园附近的电车站周围没有什么打发

---

* **淡季**：2015年1月中旬至3月中旬，园区举办了以迪士尼电影《冰雪奇缘》为主题的特别活动“安娜与艾莎的冰雪之旅”。该活动吸引了大量宾客，与以往相比，“淡季”感有所减弱。

** **大概有四分之三的准社员都会参加活动**：参加的人在入园时可以得到毛巾等纪念品。这个纪念品每年似乎都不一样。

时间的地方*，只能在咖啡店里干等。

第三，参加的人过于激动。

由于这个活动仅限于内部，参加的准社员们大多数情绪都很激动。

一群人一起大声欢呼，只要遇见别的同事就会兴奋地和对方击掌，发现SV后便一窝蜂凑过去拍合影。

大家特别“嗨”的时候，我总是不自觉地往后退一步。我无法加入集体性狂欢，也许是天生的性格使然。

我仅有的一次经历是在进公司的第五年。前四年我都没把握住机会，不禁好奇起来这到底是怎样的活动。

我这个人不擅长集体行动，于是决定和三十多岁的男同事石垣一起。石垣之所以选择和我一块儿参加，一定是因为我们是同一类人吧。

当晚八点，我俩于活动开始前抵达了集合地点，很多同事早已在这里等候，大家都在翘首期待活动开场。虽然我来之前有心理预期，但现场看到这么多人，着实还是感到意外。

活动在预定的八点十五分准时开始。台前区域到处都是演职人员，每个游乐设施和餐厅都挤满了人。

---

* **打发时间的地方**：大部分人会去东京迪士尼度假区入口处的伊克斯皮儿莉购物中心打发时间。

我和石垣决定前往幻想世界里的“红心女王宴会大厅”找点吃的。店内非常拥挤，我们等了好长时间才找到位置。等我们终于吃完饭，离“感谢日”活动结束只剩下一个小时多一点了。

返程路上演职人员熙熙攘攘，石垣低声说了一句：“今天真累啊。”

这是我头一回参加“感谢日”活动。比起快乐，我们感受到的更多是忙碌和烦琐。从第二年开始，我坚定地选择了晚上留在自家小酌。后来我才听说，石垣和我一样，那也是他第一次和最后一次参加活动。

不是所有的演职人员都很擅长参加热闹的集体活动。

某月某日

夸奖，再夸奖：

让人想模仿的花样技巧

虽说我在上一个工作岗位上打了三十四年的工，但很少有机会夸奖别人，也很少被别人夸奖。

而迪士尼乐园则浸润在夸奖文化之中，其中最具代表性的有几种举措，而最为人所熟知的是“五星卡”*。

如果员工们在台前区域看到演职人员表现出色，就会拿出五星卡，在上面写下值得称赞之处，然后亲手交给相应的演职人员。

我去东京迪士尼海洋帮忙**的时候，碰上过一件事。

那天我在“水滨公园”前的洗手区域***负责教孩子们制作

---

* **“五星卡”**：在演职人员活动中心的窗口出示此卡，即可兑换特制的包、圆珠笔和手帕等礼品。五星卡可以转换为实际利益，但比起这点，有形的夸奖更让人心情愉快。

** **去东京迪士尼海洋帮忙**：由于人员不足，偶尔我会去帮忙，八年的工作里大概去了十几次。好处是可以切换下心情，但不论是具体区域还是周围的演职人员，我都不熟悉，在陌生的环境里工作反而会紧张，所以我并不是很想去。

*** **洗手区域**：刚开设这个区域时，为了让宾客掌握使用方法，洗手区域还专门配置有演职人员。

米老鼠形状的泡沫。

当时有很多宾客在洗手区排队等候。接下来轮到的是一个小学低年级的男孩。他亲切友善，两只眼睛亮晶晶的，摊开手掌接过肥皂泡。

我握着他的手，教他用泡沫制作米老鼠的诀窍。男孩一脸认真地尝试，我也集中注意力教他，完全没有意识到有人正在看我们。

等终于没有宾客排队，工作告一段落，突然有人叫住我。

有个声音说“这是五星卡”，然后对方递给了我卡片。

我翻过卡片，看到背面写着负责安保的员工的名字。那是我第一次收到其他部门员工的卡片。

我完全没有意识到有人在观察我的工作。拿着这张卡片，我的眼前浮现出和那个男孩子交谈的场景。有人以这样的方式认可我的工作，我感到非常开心。

五星卡更多的时候是在一天工作结束后的总会上发放。同事们会一起鼓掌，祝贺收到五星卡的人。

毫无疑问，五星卡提高了我们的工作积极性。我一年只能收到一到两张，大多数时间都是用羡慕的眼神看着别人收到卡片，同时心里嘀咕着同事们给卡片可以不用这么抠搜，应该更大方点。

“您刚才的做法非常棒。请继续用您的笑容为宾客们带来快乐吧！”

每次读到那张卡片上写的留言，我都会回忆起当时收到它的快乐。

另外一种表扬方式是“精神”*。

这是每年秋天开展的为期两个月的传统活动，在指定的纸上写上演职人员的优点和长项，然后提交上去。

填写用纸是复写纸，交到对方手上的是没有印着自己名字的那一张。

在“精神”活动中，演职人员需要找到对方的优秀之处，然后大加夸赞。

就我个人的实际体验来说，在“精神”活动指定用纸上写下对方优点，意味着关注对方身上好的地方，这样一来，人际关系自然地就会变得更融洽。

另外，这种夸赞不是口头上的，而是以留言的形式被保留了下来，这一点也非常棒。真的收到卡片时会很开心，哪怕像我这么性格乖僻的人，也会被拉高工作积极性。

---

* **“精神”**：仓库里放着公司指定的填写用纸，每位工作人员都可以根据自己的需要随时取用。回收答卷的箱子也放在仓库里。各个区域有数名对应的精神负责人（每年更换），负责人将填好的纸收集起来，再分发到个人手里。没有硬性规定一个人必须提交几张，但也有“神人”会把所有同事都写个遍。

某年某月

法定退休：

再见，迪士尼乐园

2018年3月，我到了法定退休年龄。

演职人员的工作，我做了八年。虽然没有什么特别值得骄傲的成就，但我做到了从无缺勤，从未迟到*，对这一点我很自豪。

万幸我身体无恙，为保持健康的生活状态，我也曾有过继续工作下去的念头，但想到自己已经在社会上工作了整整四十二年，也许是时候撤退了。

演职人员的人员更换频率并不低。

如果是大学生的话，在大四那一年的二、三月份，学生们就会因为四处求职而辞去这里的工作。其他时间段里，大家也会因为各种各样的理由辞职。成为演职人员未满一个月就辞职

---

* **从无缺勤，从未迟到：** 虽然我不是模范演职人员，但这一点是我唯一可以炫耀之处。在公司定期进行的人事考核中，出勤那项我从来都是满分。尽管也有身体不舒服的时候，但不至于请病假，从来没有带病出勤过。可能是我作为清洁人员，要在台前区域一直走动，所以身体才能保持健康吧。

的例子不在少数。

我在最初被分配到的区域里（“幻想世界”和“动物天地”）负责了六年多的清洁。迪士尼有一个惯例，如果这天的总会是某位演职人员最后一次参加，其他人当天只要有空就都会出席。

在总会上，大家一起认真聆听即将离开的演职人员的告别感言，递上志愿者手工制作的相册和写满饯别之语的彩纸。现场还有大家提前为离职的同事制作的装饰拱门，最后所有人送上热烈的掌声。

那个时候的氛围非常好，让我感觉到了团队的凝聚力。

但是我调任之后的地方（“探险乐园”和“西部乐园”）对辞职者的送别仪式则要简单很多，完全没有之前那样的仪式感和气氛。

所以我打算低调地结束自己的工作。如果太过明显，我会觉得很不好意思。演职人员的离开对于公司来说是无关痛痒的小事，没有什么特别之处。

虽然我是在法定退休年龄离职，但我在这个岗位其实只工作了八年。

由于公司变更组织构架，离职前的一年半时间里我被调到了别的地点，和很多之前关系都不错的同事逐渐少了来往。我只告诉了一部分同事自己要离开的消息。

在职的最后一天，我的工作时间是从七点十五分到下午的三点半，工作内容是负责“探险乐园”的地面清洁。

地面清洁员可以自由地在台前区域活动，所以有机会见到很多同事。对于最后一天上班的人，如果要跟诸多同事告别，这个岗位简直是最完美的安排*。

这里的离职告别还有一个惯例，就是离职者要在上班最后一天在仓库准备大量的零食招待大家。

我也买了很多种类的零食。当天早上，我提前前往仓库，在买的零食旁边写下如下留言，然后把东西放好。

“今天是我最后一天上班。感谢各位一直以来的关照。衷心祈祷你们每一位都拥有锦绣前程。笠原”

大部分同事不知道这是我工作的最后一天。他们见到我时都显得非常惊讶。

虽然台前区域有一种“今天是您的最后一天了啊”的氛围，但一切都比我预想的更加平淡，就连我自己都没有很深的感触，其中的一个原因可能是年初的三个月里我出勤天数极少**。

---

* **这个岗位简直是最完美的安排**：曾经有位同事在最终出勤日被安排到洗手间工作。这样只能固定在某一处的洗手间，很难见到同事。“最后一天被分到洗手间的人真可怜，公司为什么不替大家考虑”，同事之间曾一起如此感叹。

** **出勤天数极少**：一年多以前，我改成了一周上三天班。再加上还有很多带薪休假没有消化，因此从年初开始到我离职之间的三个月里，我只出勤了十八天。

最后一天的工作接近尾声时，我在台前区域遇到了同事船山。

船山是二十岁出头的女性，平时从来不跟人打招呼，对任何事情的反应都很冷淡。她是我非常不擅长相处的那类人。碰见她的那一瞬间，我脑子里完全找不到什么合适的寒暄话，只说了一句“谢谢您的关照”。

“是该我谢谢您的关照。请保重。”

虽然不知道她说的是不是真心话，但最后能听到她的问候，我感觉长久存在于心里的芥蒂忽然之间消解了。

我们在人际关系里有好恶之分，我们的回忆也有好坏之别。一切都到今天为止。恍惚间，我的心底涌上一股难以言说的情感，几分寂寞，几分畅快，几分留恋。

最后一天的总会大概有十人参加。

“今天是笠原先生的最后一天。”

SV简略地做出说明，随后迅速将告别问候的时间交给我。

总会的最后，SV想要站在拱门处目送我离开，但我实在是觉得羞愧，硬是推辞了。

回家路上，我站在后台区域工作人员专用的摆渡车停靠点等车。此时，晚班的SV原崎刚好来上班。他在路对面的停靠点下车后，注意到了我的存在。原崎今天也身着考究的夹克衫。

我没有直接告诉他自己离职的事情。

我只是大声地朝他喊了一句："感谢您长久以来的关照！"

原崎向我挥手回应。我到现在都不知道，当时他是否意识到了那天是我工作的最后一天。

后记

大家长大后想成为演职人员吗？

我辞去演职人员的工作*已经快四年了。

直到现在，我只要在报纸上的电视节目表中看见“迪士尼”三个字，就一定会按时坐在电视机前收看节目，或者把节目录下来。我依然很关注对园区内新游乐设施、新区域的相关介绍。

不论是酷热的晴天，还是雨水淋湿地面的寒冷夜晚，我都会想起此时此刻正在台前区域工作的演职人员。那段工作的岁月依然深深刻在我的记忆里。现在的我，依然爱着东京迪士尼乐园。

还是演职人员的时候，我经常站在后台的公告板前阅读上面贴着的宾客来信。有很多信是小学生写的，字里行间充满了童真童趣，信纸上还印着米老鼠等迪士尼角色的插图。在插图旁边，孩子们会用稚嫩的笔迹写下“长大后想做一名演职人员”

---

* **辞去演职人员的工作**：离职前我的工作时长总计大概有九千六百小时。我努力过了！

之类的心愿。

读到这些话，我心中不禁感到欣慰。孩子们的话是我工作的动力。但与此同时，对现实的顾虑又在我脑中一闪而过："几乎所有演职人员都是非正式雇佣的兼职，收入也谈不上丰厚。"

作为一名演职人员，我很久之前便产生了应该阐明"梦想国度"的现实的想法。我想，本书为读者提供了一个管中窥豹的窗口。

东方乐园集团*每天为数不清的宾客提供梦想和感动的美好。谁都无法否认这一点。

正因如此，我切实地希望公司能够重视演职人员，因为真正支撑着乐园运行的是这一群人。

如果有一天，演职人员对自己未来的生活能够抱有安全感，在看到孩子们的心愿时能自信地挺起胸膛，对他们说"长大之后欢迎成为演职人员"，那才是"梦想国度"真正成为现实的时刻。

2022年1月

笠原一郎

---

* **东方乐园集团**：我在麒麟啤酒工作了三十年，之前只了解这一家公司。而东方乐园公司让社会经历贫瘠的我收获了更多的社会经历。我非常感谢东方乐园给了我机会，我得以经历宝贵的第二人生。

图书在版编目（CIP）数据

迪士尼乐园清洁工日记 / (日) 笠原一郎著 ; 童桢清译. -- 天津 : 天津人民出版社, 2025. 8. -- (50岁打工人). -- ISBN 978-7-201-21296-8

Ⅰ. I313.55

中国国家版本馆CIP数据核字第20252AB745号

著作权合同登记号 图字：02-2025-073号

迪士尼乐园清洁工日记

DISHINI LEYUAN QINGJIEGONG RIJI

出　　版　天津人民出版社
出 版 人　刘锦泉
地　　址　天津市和平区西康路 35 号康岳大厦
邮政编码　300051
邮购电话　022-23332469
电子信箱　reader@tjrmcbs.com

选题策划　联合天际 · 文艺生活工作室
责任编辑　伍绍东
特约编辑　徐立子
美术编辑　程　阁
封面设计　喂！vee

关注未读好书

制版印刷　河北鹏润印刷有限公司
经　　销　新华书店
发　　行　未读（天津）文化传媒有限公司
开　　本　787 毫米 × 1092 毫米　1/32
印　　张　6.5
字　　数　114 千字
版次印次　2025 年 8 月第 1 版　2025 年 8 月第 1 次印刷
定　　价　45.00 元

客服咨询

本书若有质量问题，请与本公司图书销售中心联系调换
电话：(010) 52435752